一跃而下

Diving In

顾文艳
著

浙江文艺出版社
Zhejiang Literature & Art Publishing House

图书在版编目(CIP)数据

一跃而下 / 顾文艳著. —杭州：浙江文艺出版社, 2024.8. —ISBN 978-7-5339-7674-3

Ⅰ.I247.7

中国国家版本馆CIP数据核字第20247K9R84号

统　　筹	曹元勇
特约策划	王英姿
责任编辑	苏牧晴
营销编辑	耿德加　胡凤凡
责任印制	吴春娟
封面设计	付诗意
数字编辑	姜梦冉　诸婧琦

一跃而下
顾文艳　著

出版发行	浙江文藝出版社
地　　址	杭州市环城北路177号
邮　　编	310003
电　　话	0571-85176953（总编办）
	0571-85152727（市场部）
印　　刷	上海盛通时代印刷有限公司
开　　本	850毫米×1120毫米　1/32
字　　数	98千字
印　　张	7
插　　页	4
版　　次	2024年8月第1版
印　　次	2024年8月第1次印刷
书　　号	ISBN 978-7-5339-7674-3
定　　价	56.00元(精装)

版权所有　侵权必究

自　序

我想给自己写个序,因为我真的有好多想说的。

我的第一本小说集是 2005 年出版的。那年我十三岁,作家出版社策划了一个"90 后美少女丛书"。当时的中国少年作家班从千百人里选了三个小会员,我是其中之一。我能被选中,不是因为我写得特别出众,而是因为我妈一再坚持。我的妈妈是一个很有韧性的人,意志强大,偶尔强大到能扭曲现实。她坚信我是个天生的作家,到处游说,风风火火,最终说服了作家班和出版社,把新书首发式放到了我的老家绍兴。我记得那天的活动很盛大,好像是在某个景区里。我的妈妈作为家长代表发表了演讲,说我们所有人都是闰土的子孙,说我们大家都有一个隐秘的文学传统,等等——很多年以后,她还会很得意地向我复述这场演讲。我不记得她的演说,不记得那天发生的大部分事。我唯一记得的是签售环节,我跌跌撞撞地走到台上,坐下,用歪歪扭扭的字一本本签书。我记得台下的小伙伴们向我投来了羡慕的目光。

我把这件事一笔带入了这部小说集的第一个故事——《海怪》。无名的第一人称(很显然是我最喜欢的、难以逃离的叙事人称),女主坦率而轻蔑地对陌生的长辈讲,她小时候出的书是她妈妈找关系出的。就一笔,轻描淡写。但我知道这一笔就像某种酸性物质,时不时地腐蚀着我的日常,长久以来一直在我的记忆里燃烧。二十年过去了,时光踉跄,世界飞驰,我的母亲在日复一日地衰老。她在生活中和从前一样——激烈,易怒,坚定。只是如今的她对我的写作不再抱有崇高的期望,她只希望为我的晚年生活找到一个绝对的依靠。

我出生在浙江湖州。跟大多数江南小城镇一样,这里风景秀美,生活富足。日子像那无尽的山水,一成不变地沉闷、逼仄。在我母亲的坚持下,我小学毕业离家去杭州,念了外国语学校,那里强调素质教育和国际视野。我入学那年是2003年,正好遇上非典和扩招。我的同学来自全省各地,家庭背景大多非富即贵。大家都想走出去,也知道自己最终都会走出去,走向世界。我们的校训是"宽容大气,严谨笃学"。我们的老师从我们入学第一天开始就反反复复地告诉我们,我们跟一般的学生不一样。我们必须保持最开阔的视野,用最高的标准要求自己。学习成绩只是基本参数,真正的强者必须一并彰显其他不可取代的、独异的特长。

我的母亲为我安排了特长。所以从一开始,我就不需要刻意争夺独异的强者标签。现在,当我回想起那漫长的中学六年,我终于开始领悟我母亲非要让我出书,非要争取的意愿。我的父母是普通的公务员,权势和人脉在当地稳健,但十分有限。我们没有私家车,我的母亲只好在周末坐几小时的大巴和公交车,辗转从湖州到杭州的校园,监督我学习,偶尔提几盒茶叶在周日晚自习前送给我的班主任——每当这时候,我都会因羞耻而转身避开,更加奋力地、若无其事地同小伙伴们玩耍。即便如此,在我出版第一本书之前,我的班主任从未对我表现出任何特殊的青睐。势利像印章,骄傲地写在老师们的脸上。

去年疫情结束以后,我在上海参加了一次中学校友会,地点是四行仓库,一个敞亮精致的空间,据说是一位学弟赞助安排的。中学时就被注入体内的精英血液在沸腾,不同年级的校友共聚一堂,真诚地怀念中学时代的美好时光:年复一年的文艺演出、体育竞技、奥数科创、模拟联合国、出国访学、演讲比赛……我们都走出去了,都走向世界了,都在为我们的国家和社会做贡献。曾经的强者依然是强者。曾经的晚会主持人、模联中美代表、演讲冠军,曾经凭借父母的权势和个人的努力耀眼夺目的他们,如今都获得了校园承诺他们的人生,那样辉煌远大的前程。我也依然是曾经校园里,那些挥斥方遒的老师们在当时就看到的我——那个在我母亲偏执的努力下,让他们看到的我:大学老师,作家,体面的知识分子。我过着我的中学时代允诺给我的生活。

我感到羞惭，我感到疲惫不堪。

中学时代的阴影笼罩在这本集子的上方。

我有时会写得喘不过气来。我不知道有多少人跟我有一样的感受——至少从表象看来，我的大多数同学们都把那六年储存为一段闪闪发光的记忆。我也记得那些岁月里的诸多美好，可每次当我不无炫耀地和大家一起回忆、讲述那些日子的时候，我总会想起一个个无能无力的、弱小的时刻，那些在现实面前恍然彻悟的瞬间。

我天生争强好胜，遗传了我母亲的激烈、易怒和坚定。中学六年，我连跑带跳，成天奔驰在一条条自认为值得竞跑的赛道。我就是在那个时候疯狂地爱上耐力型体育运动的，因为我很快发现，标准的竞速计时是相对公正的：你可以相信时间，而不是极易偏颇的裁判；只要付出，你就会有回报。而在其他绝大多数赛道上，我总是输。总是输得不甘心，输得气急败坏，号啕大哭。我拼尽全力的赛跑是多么徒劳，像从一堵墙跑到另一堵墙。有什么东西在压着我，阻拦我。没人看得到我。没人愿意给我机会,一切早就分配好了。

只有文学的赛道向我敞开了。可我一直明白,在这条畅通无阻的赛道上,任何轻而易举、不容置疑的存在,也都是不公正的。

我的中学时代教会了我如何在一个争夺资源的名利场里生存,如何在被现实击碎的时候重新爬起来,如何在失去一切希望的时候仍然抬头挺胸,自命不凡,仍然像世界的领袖一样,高傲地活着。我的中学教会我要成为生活的强者。

我没法逃离我的中学时代。过去的日子像群山,在故事的背后起伏绵延。很显然,我故事里所有的主要人物都念了同一所中学。而在所有故事发生的这一年——疫情结束后的 2023 年,我们所有人的奇迹之年——我们所有人,都不得不停下来,重新审视自己的过往。二十一世纪的头二十多年,我们的全部青春,已经咆哮着冲过去了。"宽容大气,严谨笃学",我们做到了吗?所谓"精英"的社会责任,我们承担了多少?我们真的走出去了吗?"世界青年"除了是一个阶层标签，还能意味什么？我们的知识，到过世界各地、见过不少世面的阅历，究竟为我们带来了什么？难道没人能认识到，我们所有侃侃而谈的过往、如今和未来，只是被资本与阶层赋能的世界经验？在那些重复的危难时刻，我们究竟做了什么？我们所做的一切，最终是否只是中学时代的循环往复——只是在一个比校园稍大一点的社会场域里，依赖个人先决优势，继续争夺资源、斤斤计较的游戏？我们大多数人已经几乎没有阶层跌落的风险，可谁不知道，谁看不到，继续向上攀升的道路早已变得那样荒诞不经？就像《海怪》里那个不停地、无法抑制地从女主不可靠的叙事里涌出来的句子——"我与世界的联系仅仅是一种不切实际的希望"，我们的生活锋利而沉重，因为"这个世界早已变得昏暗无常"。

可无论如今的中产生活看起来有多同质，我亲爱的老同学们啊，我们都一样执着地在生活的噩梦里，在自我与世界的对抗里，气喘吁吁。当然，我们喘息的方式各不相同。有的轻巧，有的疏狂，有的愚钝，有的偏执。《恩托托阿巴巴》里 duke 的故事，大部分都是真实的。名校保送、多语背景、美国藤校、暑期实习、非洲工厂……这些一半是我高中就熟知的duke,一半是duke自我解封之后亲口告诉我的奇遇。是的,连封闭的经验都是真实的——疫情三年,duke把自己关了十年。

乔良也有原型。前一阵我第一次去香港见了他。我们在九龙狭窄的街道上并肩行走,好像在曲折的时光隧道里行进。《仍然活着》里祝力文的形象基于我曾经在中学里非常羡慕的一类强势的女生。我一直嫉妒她们比我优异的成绩、比我出众的样貌和口才、比我优越得多的家庭条件。我想变成她们。于是我想象了她们二十年后的模样,把她们合并成了祝力文。如此好"强"的女生,在进入男性主导的成人社会之后,依然是不可能忍受性别劣势带来的压迫的。她的抵抗,一方面是遵循强者逻辑,饮酒社交,累积资本,攫取权力,成为比男性更强势的强者;另一方面就是利用资本与技术,在物质上解决女性最重要的生育问题。她当然是一个理性而迷人的角色,尽管在叙事中的呈现不一定讨喜。

还有《海怪》里的书奇,《人工湖》里的林琼,《世界已老》里的一方。她们都是我的好朋友。一旦有了这样的形象设定,我写起来就毫不费力,只需和她们一起呼吸。书奇的故事最不可思议,因为她在我原本的设想中只是背景故事的配角。我没有想到最后她会如此强势地回到故事的结尾。我的朋友在二十出头的年纪就结婚生娃,一二三胎的逐一降世几乎与生育政策同步,尽管她和这个阶层的大多数人一样,坚持为娃选择了美国护照。去年疫情结束以后,我们见了面。她向我表达了突如其来的迷茫,即将一生一事无成的焦虑。这种焦虑是我们共享的恐惧,但大概也是我们尚未老去的标志——停滞的安逸容易引发腐朽,人只有不断迷茫、焦虑、痛苦,才能把活力注入生命。

我很爱我的朋友们。我想在她们喘息的天空上撰写历史。

我已经十年没有写过小说了。2023年以前,我上一次在文学期刊上发表小说是2018年,《帝木》——那是我2013年,二十二岁时没日没夜写的一篇六万多字的中篇小说,最后被删减到一万字放在《收获》上发表。那是一个真实的故事,也是一个真诚的故事。我之所以愿意把那篇真诚的小说裁剪、挤压,一是因为待刊的杂志是《收获》,二是因为我当时在复旦读博,铁了心要评国家奖学金,如果及时兜售那篇小说能再给自己加6分。换言之,是因为虚荣和功利。

现在的我依然虚荣、功利。这是我的基因和我的中学时代决定的。出人头地,那是我母亲需要我写作的原因,也是我写作最直白的动力。我从来没有掩饰过自己的决心,没有掩饰过自己对荣耀与幸福、自由与权力的渴望。可这么多年过去了,我的写作生疏了。我中学时一个月就能写完一部长篇小说,比如2008年写的《偏执狂》,但现在的我每次写作之前都必须缓慢地从学期繁杂的教学、科研和行政活动中爬出来,像从自己的一副躯壳里爬出来。我爬得很艰难,因为另一副创作的躯壳已经锈迹斑斑、生硬,我甚至不知道它是否还欢迎我。我不得不承认,在文学创作的赛道上,我年轻时领先的优势已经结束了。我输了,我只能从头开始。更糟糕的是,我已经不再像以前那么相信自己了。我害怕自己根本不具备那种曾经深信不疑的天才,能够不谄媚不低头,把我应得的一切夺过来。

我很看重这个故事集。这一次,我决定要相信自己看重的故事。在写作的过程中,我获得了一种很好的感觉。不夸张地讲,我感到我在重生——我从来没有这么坦诚地面对过我自己。我的人物没有死在屏幕上,我的词语在大口呼吸。

我必须感谢所有鼓励我、帮助我让这些故事被看见的人。谢谢你们,我还在慢慢爬起来,慢慢学。学叙事,也学着放任故事,叙述我。

顾文艳

2024 年 5 月 8 日星期三,飞往莫斯科

目录

海怪 001

仍然活着 055

恩托托阿巴巴 083

人工湖 137

世界已老 173

海　怪

我曾遭受的任何痛苦,我都忘了。
想到我曾是过去的我并不使我难堪。
在我身上感觉不到痛楚。
直起身子,我看见蓝色的大海和风帆。

——米沃什《礼物》[1]

1 引自舒丹丹译本。

一

那大概是十年前的事了。当时是二月底,我刚阳康不久,林书奇打电话给我说她爸妈回浙江了,我可以去住一阵他们在北京昌平买的那栋很大的别墅。她自己带着三个小孩,和丈夫一起住在婆家,十公里外离城区更近些的另一栋别墅。

"那儿有山有湖,像江南,但没那么湿,空气不错,你就权当疗养。"她说,"我还可以时不时来找你玩玩。"

"好,我来。"我说。

那时我已经好几年没离开上海了:单身,还算年轻,至少半年没工作,平日只有买咖啡和散步的时候出门,成天窝在市中心狭小的出租屋里翻书,刷剧,发呆。我当即买了第二天中午的高铁。昌平真远,从北京南打车过去可能花了300块,按大通胀前的物价来看贵得离谱。沿路风景萧瑟,千篇一律。道路倒不怎么崎岖,甚至算得上平整。越往郊外走,天就越发乌蓝,浓重的夜色缓慢地在渐暗渐奇的荒野上攀爬。可能是因为太久没出门,不适应远行,加上肺炎没好全,我一到地方就虚弱不已,随便找了个有床的房间倒头睡下,一夜无梦。

我早就习惯了在某个固定有限的空间,成天什么事都不做的生活,因此在这座偏僻静谧的北方宅子里过得十分安适。这宅子很大,地上三层地下两层,二层有个大露台,三层有阁楼,带一部运行沉缓的电梯。屋子干净整洁,轩敞豁亮,储有各类必要和非必要的生活材料。林书奇的爸妈应该没走多久,他们雇了一个附近镇上的保洁,四十几岁的女人,有一张老气而诚实的面孔,每周来两次。我每天早上睡到10点,慢吞吞地起床,用一台非常好用的自动咖啡机一键磨豆,坐到旋转圆餐桌边,吃点麦片和水果,然后文雅地举起一只精致的杯子,对着窗外的天空和树群发呆。我走得太匆忙了,没带什么书,没过几天就看完了手头的几本。所以后来下午我一般捧着电脑坐在沙发上刷剧,等着阳光从钝角变成锐角,一点点从我身上、从惊心动魄的屏幕图像上,滑动,挪移。好像在用一种很慢很慢的方式滑动关机。实在无聊,或者想回到现实的时候,我也会打开手机刷朋友圈。偶尔也走到院子里抽一两根烟(院子打理得一般),数数玉兰树上未落的花盏,还有另一株黑松上枝干的数量;偶尔在别墅区里头的小树林间散散步,偶尔走得更远,一直走到外头的农田和水库。书奇没瞎说,这里风景不错,很江南,沉浸在里头基本感受不到北方春天的干燥与荒芜。到了晚上,我会点份门口餐馆的外卖,或者热一热头天晚上剩下的外卖,再开一两瓶啤酒或葡萄酒。书奇说我可以喝放在一二楼的酒,但地下酒窖里的藏酒不能随便开。我每晚都喝一些。到三月底的时候,差不多把她爸妈放在外头所有的酒全喝完了。

书奇每周都会来找我一两次。有时带齐三个娃,有时只带其中一个或两个,有时候一个人来。她挺"社牛"的,每次来都会给邻居带些小东西,比如婆家院子里结的果实,或者从国外捎来的小物件。她的邻居是一对年纪跟我们父母差不多大的中年夫妻,昌平本地人,五六十岁,小孩很少回来,据说是个有点名气的青年演员。我并不"社恐",但我不怎么愿意跟他们讲话。因为他们对我的态度太友善,太热情,为的是掩饰自己内心实际的优越与冷漠。

一次书奇独自来的时候,他们请我俩去隔壁刚翻新的庭院坐坐。两人看起来都挺精神的,身穿年份和品牌清晰可辨的衣服。男的戴眼镜,安静,始终摆着一副既神秘又神气的微笑。女的不戴眼镜,五官立体,年轻时候应该很漂亮,爱说话。她递给我一杯岩茶,说:

"下次等辰辰回来,让他给你介绍个对象啊,他在上海有不少熟人。"

我呷了口茶说,好啊,多多益善。男的继续保持沉默的微笑,书奇在一旁激动不已,说那太好了,有机会一起去上海的时候她来组局。我的朋友打从她结婚那天起就一直在操心我的婚嫁问题。她十分信任自己婚后在异乡建立的朋友圈,因此总喜欢给我介绍她和她老公身边的朋友。尽管他们大多在北京,而我未来不怎么可能离开南方生活。

他们东拉西扯地聊了一会儿。书奇说要好好谢谢辰辰,上回介绍的人艺演员,友情客串了琪琪学校的期末演出,她那些老师可激动了,最近还说这事儿呢。书奇喊女的彭欣阿姨,男的方老师。男的可能是个文化人,大学教授之类的。彭欣阿姨接着话题聊了会儿她的辰辰,讲了几个以前如何不惜一切代价培养孩子成材的小故事,绘声绘色,应该是聊天的保留剧目。她的声音醇厚高亢,说话时间歇性地盘转手腕上的玉镯。方老师主要在听,目光一直落在高杵在松柏边的假山岩上。疫情期间让人从你们浙江那边运来的,太湖石,他简洁地跟我解释。他声音偏高,柔,面相也温和,女性化。那会儿在家没事干,他找人重修了院子,添置了漆木檐廊,溪池和石桥,把西式草坪改造成明末文人疏朗雅致的园林。不出户庭,流觞曲水,别有洞天。

把该说的和想说的都说完了,话题不知怎么又落回我身上。他们知道我不上班,便问我将来有什么打算。我说我还没想好,实在不行就回浙江呗,找个闲职,得过且过。书奇连忙在一旁解释说我其实是个作家,小时候就出过书。他们问我都写的什么,我说写点诗、散文什么的,发表不出来的那种,然后说小时候的书是我妈找关系给我出的。书奇便顺着我的话,介绍了我们父母辈的交往,他们在江南小城同质的生活:体面的工作,有限但稳健的权势与人脉,富足的物质与精神。澄清完我的阶层,她又补充介绍了我俩同质的前半生,去到过世界各地、见过不少世面的过往,最后真诚地总结道:

"我们这一代都是独生子女。从小一起长大的朋友,就跟亲姐妹一样。"

"是啊,辰辰以前也有一个这样的发小。"彭欣阿姨一只手继续转动着另一只手腕上的玉镯,若有所思,然后突然停住了,好像想起了什么,转头看向她老公,说,"哎对,咱们好久没跟老吕他们家联系了,他们也没点儿消息,不知道是不是搬回市区住了。"

她老公耸耸肩。她继续转镯子,跟我们说起了这个发小的事。老吕是方老师的大学同学,艺术世家,自己也画画,可是没怎么出名,后来搞艺术品和古董收藏了。两家儿子一般大,以前在海淀一直同小区同学校,整天一块儿玩。老吕家的儿子跟辰辰一样,聪明,长得也好,就是性格有点儿那个,哎怎么说,也不能说怪,就是有点儿,唔,弱。她边说边意味深长地看了我一眼。也不是真的弱,就是那种一点儿也不在乎示弱的模样儿。对,不是说完全不好强,一旦较真,他可执拗了,谁也别想跟他争。可那些人生大事儿呢?他从来不在乎。

"哪些是人生大事?"我问。

"升学,工作,结婚生子,就这些事。"她立即用一种庄重的眼神看着我,去掉了句末的儿化音,语气听上去不容置疑,"为个人和整个人类社会做贡献的事。"

"嗯……不过,您觉得为人类社会做贡献真的有意义吗?或者说,我们怎么知道,做一件事,最终为世界带来的,究竟是贡献,还是损害呢?"

"那也总比完全不做贡献强!"她斩钉截铁地说。

我缓慢地点头,想让她接着讲故事。可没想到故事就这么轻易地被打断了。她好像是被我诚恳的提问冒犯到了,情绪逐渐变得激动起来。有什么荒唐的东西在她的记忆堆里踢踏作舞。她念叨了一会儿到了什么年纪就该做什么年纪的事儿之类的老话,突然烦躁地站起身,说该换喝熟普了,进屋取茶。

"彭欣阿姨没事吧?"书奇轻声问。她本想跟着站

海 怪　009

起来,但又犹豫了一下,结果半蹲半站,不知所措。

"没事儿,没事儿。"

方老师笑呵呵地说,他又温柔又平静,像个慈祥的老妇人。人真奇妙,年纪越往上走,就越像婴童,越来越同质。男人雌化,女人雄化,所有老人都一模一样。他们这样,书奇的父母公婆这样,我父母也一样。别看我跟书奇此时的境况差异那么大,等我们老的时候,人们可能都分不清谁是谁——我心里这么想着。因为这世上所有的故事,如果延续得够远,结局都一样。

我不记得那天后来在他们家的事了。应该就是又喝了会儿茶,参观了一下房子,然后就道别了。彭欣阿姨显然不喜欢我,但我身上可能多少还有点她认为可取的东西。于是她跟正常人一样,越不喜欢就越努力装出一副尤为亲切的姿态,最后还主动让我加了她的微信。晚上书奇开车带我去附近的农场吃饭。那里新开了家相当浮夸的美式 diner,吃简餐的,但搞得小资,价格也高,供应当时流行的精酿啤酒。这一带的住户应该喜欢光顾,因为里头坐得很满。吃饭的时候,书奇说彭欣阿姨以前也是演员,她儿子现在已经挺有名啦,前途无量。我说我没听说过啊,她说那是因为你不看国内综艺,你看他明明跟我们差不多大,但已经这么成功了呀。我说,嗯,是的,一边愉快地咀嚼嘴里肥腻的食物,配口啤酒。书奇这时忧伤起来,忽然放下餐具,挺直腰背,双手交叠,手肘前倚在漆得光亮的胶合板餐桌上,像个小学生。我觉得我的人生一事无成,她郑重其事地对我说。我呛了口啤酒,咳得惊天动地,吸引了周围好几桌人的目光。隔壁一桌带小孩的战战兢兢,女的骂男的非要带小孩出来吃饭干吗,这么多人还阳着,多危险。难道你不这么认为吗?书奇等我咳完,接着问,眼里闪烁几簇希望。她想让我告诉她,其实她已经很成功了,从小城扑翅而起,无畏地迁徙,留学创业,生这么多娃,彭欣阿姨说的那些人生大事都已经超额完成了,为人类社会做出了巨大的贡献,等等。可我没这么说。我看着她那双真挚的大眼睛,眼睑下方那些黯淡的沉重的皱纹,里面堆满了生命中所有不值一提的日子。我说是啊,但这也没什么不好的。

晚饭结束的时候,书奇心情有些糟糕。为了安慰她,我主动买了单,还说了一句感谢她请我来白吃白

海怪

住,拯救我绝望的蛰伏生活之类的话。她心情稍微好了一点。我猜她很喜欢我有意虚浮的用词,如,"拯救""绝望"。我的朋友喜欢自己很有用的那种感觉。她其实是一个非常无私的人,有天生的奉献精神,习惯绽放自己的社会价值。价值即意义,这一点对她来说毫无疑问。所以当我表明她的存在对我来说极其重要的时候,她当然又高兴起来了。吃完饭,我们逛了一会儿农场边的小超市,我买了一些水果和啤酒。这时书奇的婆婆打电话来了:琪琪和两个弟弟闹矛盾了,大家都很需要妈妈!书奇迅速烧起来,飞快地冲回停车场——她那辆砖红色的 Model S 像块待燃的金属,急着刺穿黑夜,发光发热。我气喘吁吁地跟上去,把装了水果和啤酒的袋子放进车里,再从里头抽出一瓶啤酒,对驾驶座上焦急得容光焕发的书奇说,你快走吧,东西你带回去,别管我,我自己叫车。

书奇开走以后,我用路边水泥电杆的支撑面开了那瓶啤酒,决定独自闲逛一会儿再回去。农场周围只有餐厅和超市这一带比较热闹,只要稍微走开几步,便能感受到郊野夜晚真实的荒凉。春阴的夜晚是真的凉,而且凉得突然。我刚喝两口啤酒,一阵冰凉的空气猛地撞上我的脚踝,从下往上蔓延。我赶紧加快脚步往前走,想着多做点功,暖暖身子。借着身后逐渐模糊、因而也愈渐深邃的灯光,我能勉强看到旁边移动的田埂,半阴半明的树。无名的植被和农作物勇敢地袒露在夜的表面。万物和从前一样,陌生、真实、可畏。光线越来越弱,头顶的月光也被云层遮了一半,但我的眼睛很快适应了黑暗。这里虽然荒,但开阔,离远处幽暗的树林还隔了一片很大的农田。另外,遍地都是人工干扰的痕迹,连我走的这条路都是用水泥和塑胶跑道铺过的,踩不到土的。走一会儿,前方又亮堂起来,有路灯了,崭新的光。我终于微醺,感觉极好,极其美好——

这种感觉描述起来,大概就是:我忽然之间能看得到未来了。我第一次看到我的前程如此平静和缓地铺展在夜晚的天空下,并且和这个世界的进程,完全一致。正当我欣喜地辨认出这种类似高空飞翔般的愉悦的知觉时,眼前出现了一小片发光的水面。月亮已经从云层里钻出来了,在水面上空摇晃。我朝那个方向走,能看到的水面越来越大。走到平地的终结处,我才意识到这片水域非常辽阔,月光中勉强能看到远处似曾相识的椭圆边岸。我盯着湖水看了一会儿,然后从兜里掏出手机查看地图。

这片湖就是书奇爸妈家边上的,地图上显示的名字是四通水库,寓意还不错。这里也的确四通八达,我偶尔散步抵达的水岸应该就在斜对面,可之前对水库的大小面积没什么印象。我一般走到水边需要半个小时(光是在别墅小区内部就要走上20分钟),到湖边没走两步就差不多得折返了。我没想到它有这么大。下午书奇开过来至少用了15分钟(虽然走的公路不沿湖)。这里的岸边也规划过,路上铺的还是塑胶道,旁边还装了双座的观景椅。我走到座椅边,象征性地掸了掸灰,坐下,看着无风的水面发呆。湖对岸一片漆黑,只有一处有星点似的光,可能是个房子,或者是座桥。

美妙的感觉还在。我顺势点了根烟,慢慢地喝完了剩下的啤酒。

二

后来那晚什么都没发生。我没遇到任何人,任何动物,也没听到什么特殊的动静。但我能感觉到周围有同我非常相似的夜游的东西存在着。我很喜欢在那段夜路上获得的感觉,所以那晚之后,我开始更频繁地在书奇家附近的水岸散步。为了节省体力,每次散步前我都会打电话给小区的保安,请他们开电动接驳车来接我到小区门口,然后再自己走到湖边,走一两个小时。书奇告诉我车钥匙的位置,说我可以用她爸妈的车。但我已经好多年没有驾驶经验了,不到万不得已是不会开的。

在岸边散步几次,我逐渐熟悉了这里的地貌和布局。住房主要集中在书奇家这一带,水库西面,不直接临湖,背靠一脉坡度较缓的山群。东边有一座水坝,旁边是没怎么开发的农田和树林,有一段在造高架,未来会通一条高铁。这里的湖水并不很浑浊,但无一处能见底,适合各种水下生物存活,繁衍。水库禁捕禁泳,游泳的没见着，但我不止一次在湖边看到有人垂钓。印象最深的是有一次经过一座小白石桥，桥墩边端坐了个戴灰毛呢鸭舌帽的老大爷，身边安放一个小炭炉，一口小锅，一瓶黄酒。等我原路折返的时候，他已经钓上了一条，刮鳞洗净，正扔进锅里煮了准备吃呢。水边的人不多，绝大多数是老人。有这般垂钓吃鱼的，有拱腿拱肩打太极的，有弓腰驼背散步的，有戴着口罩坐手推轮椅的。每个人的移动都很慢，很慢，比起风时湖面的水波还慢。但偶尔也会有遛狗的年轻人闪现，在骤然加速的时间里飞驰而过。

我越来越习惯这里的生活，日子便过得越来越快。我来不及记，也记不住。所以当彭欣阿姨发微信邀请我去她家吃饭的时候，我有意看了一眼那天的日期：四月一日，愚人节。我昏昏沉沉地醒来，听到保洁阿姨正在楼下打扫，不想立即下楼，在床上赖着刷手机。第一条消息就是她发来的语音。不好意思啊，这么临时约你们——她应该是这样开口的，很客气——辰辰回来了，老吕说晚上要来坐坐，好久没聚了。他儿子也来，就是辰辰的发小。我们在家里简单吃点，正好新请了个下厨师傅,会做江南菜,你们来品品。我回复说好啊,谢谢,加了个龇牙咧嘴的笑脸。我又刷了会儿朋友圈,然后把我妈发来的长语音转成文字看了一遍。光看那些灰色消息条块的长度形状,我就能辨识出无比焦虑的言语内核。她前几天跟书奇爸妈聊天的时候才知道我已经在昌平住了一阵。数落一番后,她说要给书奇婆家小孩他们寄点东西,问我寄点什么好。我回复说你随便寄点特产就行,他们又不缺东西。

临近傍晚,我终于洗漱完毕,换上了一件书奇留在衣柜里的蓝裙子。我发微信给书奇说了一声——我没带几件换洗衣服,带来的全是宅家用的运动装。我承认那天是挺兴奋的,毕竟我已经很久没有社交了。更重要的是,我的好奇心正在驱使我去听彭欣阿姨没讲完的故事。书奇一直没回复我,我默认她到了饭点就会出现,因为彭欣阿姨给我发语音用的是"你们"。我一开始有些晕乎,差点走错一户——这小区的每栋别墅都长得一模一样。到他们家门口的时候,我张望了一下,没见书奇的车。彭欣阿姨开的门,她有点惊讶地接过我手里的葡萄酒(我从柜子里翻找出来的最后两瓶),说哎呀,这么客气,然后上下打量了我一番。我说是书奇爸妈的酒,书奇她还没到吗?她说今天是周中,书奇来一趟也不方便,所以没喊她呢。人都齐了,一会儿就可以吃饭了。她边说边领我进屋。

屋内的格局也跟书奇爸妈家一样。进门第一间是茶室,三个人围着弧形梨木桌坐着喝茶。方老师正在沏茶,他和蔼地招呼我。另外两人年纪都在五六十岁左右,男的头发花白蓬乱,但看得出精心打理过,布衣配棋盘格的羊绒围巾,女的细眼尖脸,穿着简练。彭欣阿姨介绍说这是老吕,著名画家,爱人陆老师是证券公司的,又介绍说我是从上海来的,邻居家的客人,是个作家。男的问我写什么的,我说写小说,悬疑侦探,能畅销的那种。女的注视了我一会儿,问我几月几号生的。我说六月二十五。她说哦,朝鲜战争爆发的日子,那跟彭欣你没差几天,都是巨蟹。彭欣阿姨笑着说,陆老师是数学天才,对数字过目不忘。陆老师接着问,我们家那个双十一跟你们家的十二月三号还在院子里聊天呢?彭欣阿姨说是啊,我去喊他们,然后对我说,来,给你介绍下辰辰和小海。

我们穿过客厅，走到后院。这是个晴天，风大，黄昏的阴影正浓，铺洒在园中的花木假山湖石上。我一眼认出了辰辰，夺目的身高，挺拔的五官，站在暮光下，像抖音里的人。他的发小站在旁边的假山石前，阴影处，身材瘦高，身上罩着一件被风吹得膨胀起来的深色旧毛衣，脸色是未老先衰的憔悴，看上去非常普通。但在这庭院的背景和他的发小的衬托下，浑身散发着一种令人震惊的真实感。

彭欣阿姨走过去挽住辰辰的胳膊，灿烂地笑。她还是那样介绍我，说我是从上海来的，是个作家。她没介绍辰辰，默认我已经清楚有关她明星儿子的一切了（她上次的确说了很久），只介绍辰辰的发小：

"这是吕陆海，小海，辰辰最好的朋友。"

"你好。"他声音低沉，有礼貌，但脸上没什么表情，看不出是亲和还是高傲。

我们站着闲聊了一会儿。上海、天气、北京、健康，诸如此类。两人话都不多，主要还是彭欣阿姨在一个劲地输出，边说话还是边摆转着手腕上的玉镯。没过多久，管家阿姨到院子里说可以吃饭了。我们回屋入座。餐厅挺气派,两层挑高,中式家具。餐桌是棕红的檀木,带圆弧转盘。我一边挨着彭欣阿姨,一边挨着吕陆海。他吃得很少,几乎不怎么动筷,更不举杯。事实上,他几乎不怎么动,大部分时间双手放在膝盖上,跟餐桌和菜保持距离。其他人可能早就习惯了他的这种无动于衷的饭桌仪态,兀自欢快地夹菜、聊天。菜真好吃,真的江南菜。腌笃鲜,酒香草头,江浙湖海鲜:一盘温州姜酒血蛤、一条肉质鲜嫩的清蒸鳜鱼,最后还有一盅正宗的响油鳝糊。鳝丝拆得很细,略焦,厨师端上桌子的时候往上头淋热油,滋啦滋啦。我好久没吃这些东西了,吃得很欢,一面大口大口地喝红酒。在大快朵颐的同时,我也能感觉到旁边斜扫到我盘中的目光,冷飕飕的。

"你不吃吗?"我终于忍不住,低声问他——此时桌上正在大聊经济和股票。陆老师自称操盘高手,可惜生不逢时,没办法,但凡如今这股市有任何逻辑可言,她都能随便赚。

吕陆海指指他自己盘子里的一小簇草头,说:

"吃啊,吃这个。"

说着,他夹起那朵鲜嫩的绿叶,入口,很慢地嚼几下,一点一点,好像在观察每种味道里的沉默。

"你吃素?"我又问。

"不是。"

"那你不试试这鱼?很好吃。"

"好吃就一定得吃吗?"他反问。

"不一定,"我说,"不过,要是正好遇到了好吃的食物,也不违背什么道德原则,那还是可以趁机吃了的。因为也许下次你很想吃的时候,就吃不到了。"

为了佐证这个观点,我给他举了一个例子。比如去年封控在家的时候,别说没有好吃的鱼肉了,连草头都挖不到。他说你的逻辑偏了,想要和需要完全是两回事,想要但不需要,就是没必要,不用费神儿去做。我说有时候两者极难区分。他说大多情况下,区分很容易:为了解馋吃鱼和为了活下去吃草,没区别吗?我说这也跟看问题的角度有关,饥肠辘辘和奄奄一息还有区别呢,但有时候看来,区别又不那么大。因为一个人的生存境况,其实是一种观念,没那么客观的判断的。

"照你这么说,帮助和拯救,也没多大区别?"

"显然没有。"我说,"区别在于事情的重要程度。帮助听上去比较平等,拯救居高临下,因为'拯救'感觉更重要……但重不重要,这还是一个很主观的判断。"

"不对。"他摇头,"拯救之所以更重要,是因为它关乎生死。"

"世上所有的事最终都关乎生死。"我说,"所谓的轻重缓急,只是一个时间的问题。重不重要不是绝对,只是跟意义有关。但意义是由人赋予的。"

他侧过脸看看我,默不作声。我感觉有激烈的思想在他脑中飞来撞去。然后他又夹了棵草,默默地吃。

"其实,为了真理而争辩和为了争辩而争辩,也没那么大区别。"

我得意地总结,一面为这突如其来的智慧沾沾自喜。此时饭桌上正在讨论辰辰跌宕起伏的成名道路,事业沉浮。彭欣阿姨又在狂转她的镯子,赘述名利场的喧哗,利益攸关方的交往策略。辰辰本人倒是没怎么参与说话。他那张脸确实好看,一会儿似是而非地点头,一会儿埋头看手机,一会儿又抬头,看看远处窗玻璃反光里的自己。老吕评论说其实哪儿都一样,演艺圈艺术圈,最不该功利的地儿,都最他妈的势利。全是关系、人情,互相利用、博弈,规则一会儿一个样,哪儿有什么真的评判标准?几千年来都一样,只是现在越来越糟糕,我每天醒来都能感觉到人种的退化!彭欣阿姨说是啊,但又有什么办法呢?我们能做的只有适应。这会儿已经没什么确定的、坚固的东西了,一切都在不停地变,我们只能顺应。

"六月二十五,你倒是可以写写这个时代。"陆老师突然开口,看向我。

"啊?"我愣了一下,反应过来那是我的生日代码。

"你不是作家吗?"她粗声粗气地说,喝了一大口红酒,双颊泛红,"你就多写写现在的变局吧,连最可靠的数字都不可靠了。哪儿还有什么稳定的经济,稳定的工作、婚姻?所以啊,彭欣,我们家这双十一,虽然没你们家的一二三那么出息,连个工作都没有,但也挺好。凭啥要顺应他们啊?又不是马戏团,成天跟着他们变来变去。就这样也挺好,是不,双十一?"

吕陆海抬头看看他妈,再看看彭欣阿姨,面无表情。这时方老师很难得地开口了,温和地笑着说,小海其实挺好的,理想主义,这个时代需要这样的年轻人。彭欣阿姨有点尴尬,说陆骅你多了,慢点儿喝。这话对于喝得兴奋的人来说是纯粹的挑衅。陆老师当然不理她,找我碰杯。干杯后,她说她还是想听听六二五的想法,想让我说说对这奇葩世界怎么看的。我说我没什么感觉啊,没什么特别重要的事,也没过不去的坎,得过且过就行了。彭欣阿姨接话说,陆骅,这姑娘感觉是不是跟你们家小海特像?我上回听她这么说,就感觉是小海在说话一样。

"不一样。"

"不太像。"

我和吕陆海几乎同时说道。饭桌上的目光全落在我俩身上。彭欣阿姨咯咯笑起来,老吕夫妇也笑了。我解释说,因为我一点儿都不理想主义啊。方老师这时又开口评论说,那倒是,甚至有点虚无,理想的反面。我正想问怎么看出我虚无了,陆老师突然尖叫道那有可能是因为父母像,便问我爸妈的出生年月日。我如实答了我爸的,准备说我妈的时候我想了一下,然后说,我可能没法告诉您。

"为什么?"她问。

"因为这样我就把她的银行卡密码都说出来了啊。"我说。

陆老师笑得前俯后仰,说这么多年来第一次有人把这么明显的事儿给说出来了,哈哈哈哈哈。我觉得她挺喜欢我的,而我也不讨厌她。她身上没有彭欣阿姨那种鲜明的庸俗气。彭欣阿姨接着问我,那你父母是做什么的?我说我妈是公务员,刚退休不久,我爸还在世界各地乱跑做生意——其实我本来根本没想过要说这些,后来回想起来我才意识到,当时我故意想看看吕陆海的反应,因此还添油加醋地多讲了一点——他主要做板材,从木料挖掘到加工成品都做,包括这种檀木。我边说边用手指轻敲餐桌:

"血檀,硬度和颜色跟小叶紫檀几乎完全一样,大概是十多年前在非洲发现的一种木材,基本能替代小叶紫檀做红木,价格便宜多了。我爸那时就在刚果做生意,当年是他第一个发现的,以前没人知道。后来中国人蜂拥而至,砍完了。环保组织也来调查谴责了。"

"这个……不是非洲的吧……"彭欣阿姨的关注点停留在这张桌子的成分上,转问她老公。

"确实比小叶紫檀便宜。"方老师想了一想回答。

"唔……你爸……八月十五,跟拿破仑生日同一天,果然厉害……"陆老师念叨着说。

"嗯,确实很夸张。"我说,"不过,非洲本地人还在用那些红木劈柴生火,想想也挺浪费的。"

"那他还继续做这生意吗?"

"他自己后来没做红木进口,只是发现这种檀木能用,但可能也只是吹牛。不过,他还有很多同行在非洲,还在做这个。砍完一个地方,就去另一个地方接着找……"

"你知道一棵檀木要多久才能长起来吗?"

吕陆海突然从椅子上站了起来,猛地撤离开红木桌椅,神情严肃地说。他个子很高,从上往下看着我,深陷的眼窝里放射出一道失望而阴郁的目光。他神情严肃、黯淡,但又似乎因某种饱受痛苦的操劳而持续地发光、发亮。

"大概一百年吧。"我故意轻描淡写地说,想缓和一下气氛。

"我不知道你们是怎么想的。"

他眼里的忧伤在短暂的时间里,逐渐演变成一种显而易见的愤怒,好像他的存在被我轻描淡写的叙述篡夺了一样。他在桌椅之间杵着,像棵树。杵了一会儿,他往外走,从大门口径直走了出去。

三

其实我没想到自己还会再碰到吕陆海。但过了许多年以后回想起来,当时发生的一切又好像理所当然。我后来反复揣摩过那段日子,希望能把它们看得更清楚一些,能在里面找到一个现实的出口。现在想来,从前那些偶然、绝望但尚可理解的东西,如今终于被彻底击碎,日渐衰败,最终变得无法识别。当时的我年轻又幸福,尽管我一直清楚地知道自己与世界的联系仅仅是一种不切实际的希望,而这个世界早已变得昏暗无常。

吕陆海也知道这一点。这是我第二次碰见他的时候他亲口对我说的:"我与世界的联系仅仅是一种不切实际的希望,而这个世界早已变得昏暗无常。"这原原本本是他的措辞。那是一个昏暗的下午,在邻居家吃饭过后没几天,应该是清明或者清明假期的某一天,有雨。我吃过午饭,在二楼的卧室里来回踱步,到露台上看看烟雨中的树和天空。我正在犹豫要不要出门去湖边散步,就看到小区保安队的接驳车从远处缓缓驶来,停在楼下。像命运。坐上接驳车的时候,我问那个特别年轻的保安,我没打电话你们怎么就来接我了?保安解释说正好送完旁边一户,我看您平时差不多都是这个点打电话给我们,就想着来看看您需不需要用车。

我觉得这人挺可爱的,就在路上跟他聊了一会儿。他来自河北的一个小县城,刚过完二十岁生日。我说真好啊,我都快过三十岁生日了。他说他没法想象自己到了三十岁的时候会怎么样。我说我二十岁的时候就知道三十岁的时候会跟现在一样,现在也知道四十岁的时候会怎么样。他便问我四十岁的时候会怎么样,我说那还用问,还是跟现在一模一样呗。

下了车，我打上伞，慢悠悠地走到湖边，再慢悠悠地沿水步行。落雨的湖边空无一人。我脑子里先想的是上午边吃饭边看的那集悬疑剧的情节，然后忽然想起了吕陆海那晚义愤填膺的模样。吕陆海生气地走了以后，我一开始很兴奋，因为我平淡无奇的生活中已经很少出现这么突然的戏剧性的时刻了。但我很快发现，其他人都对如此反常的行为熟视无睹。我问他们他去哪里，陆老师说她儿子就住附近，没多远，住在水库边的一栋老房子里，他们很久以前造的。我又问他是开车回去吗？她说怎么可能，他早就不开车了，新能源也不开，只坐公共交通，或者骑行。我说哦，那难怪了，他是个环保主义者吧。如果只是环保这么简单就好了，老吕接过话说，叹了口气。别看他心平气和的，对我们态度也不错，有关他自己的事，平时这些行为，从来不愿多说一个字。我问那他除了不工作，不怎么吃东西，爱好环保，还有哪些行为令你们担心呢？夫妻俩相视苦笑：不吃不睡不外出，从美国读大学回来以后一直这样，大家早就习惯了，也就是比较消极，医生诊断他没什么精神问题，头脑清醒，人也不抑郁。但问题是最近几年出现了一些积极的行为,终于让他们开始担心了——

"什么样的,积极行为?"

"具体情况我们也不清楚……大概就是,他加入了一个社团,可能是环保的,也可能不是,有好几个人。那是疫情前,疫情以后有几人没地儿去,他就给他们提供住所,水库边那个房子。有几次公安都去过,但没啥事儿,没政治问题……其实也没啥,但我就怕他们弄些什么怪力乱神的……"

陆老师絮絮叨叨地说,之前那副干练精准的数字精神消失了。他们接着坦白了对我原本的期待——彭欣打电话来,说有个跟小海差不多大的女孩儿平时也不工作,感觉跟小海挺像的,可能可以跟他交流交流——可没想到我这么快就说到他最在意的事儿了。我转头看明星辰辰,问,那他发小不能跟他交流吗?辰辰迅速地回答说,我可没法跟他交流了,他一直在指责我。陆老师说他们之前去看过那个房子,辰辰也替他们去看过,见过那些人,看起来都挺正常的,但他们还是觉得不放心。我说你们是希望我替你们再去看看那个房子,跟他们聊聊吗?陆老师说他们之前是这么想的,但现在看起来,双十一估计也是不愿意跟你交流的。

他们错了。因为正当我打着伞,一边想着前几天那顿荒唐的晚饭,一边走上水汽升腾的白石桥的时候,前方迎面正步走来一个身穿褐色牛津布雨衣的人,手上端着一台黑色多爪的仪器。

"是你。"吕陆海先认出我,主动打招呼。

"哎呀,你好。"我把伞向上翘了翘。从滴水的伞沿向外,我能看到他那张憔悴的脸,紧紧地束裹在雨衣的连帽里。

他跟我寒暄了几句,庄重、有力,状态同那天离开的时候完全不一样,好像已经不记得当时的恼怒了。我问他是不是就住在附近,他说对,指了指不远处的岸边,一个在雾气四溢的树林间似有若无地发光的点。我说是临湖的房子啊,好像看到过,是不是有时候晚上一直开着灯?他点点头。我说那你不嫌费电不环保吗?他读出了我口气中的嘲讽,便换上一种严肃的口气,说那是两回事。我又指指他手上的机器问,这是无人机吗？他说对，下面装了激光检测仪，用来监测气体，甲烷之类的。我仔细看了一眼，无人机放置航拍摄像头的云台处，确实装配了一个小巧的亮黄色的四棱柱体。我忍不住笑，说，你是在研究这水库和全球变暖之间的关联吗？那可能有点困难啊。他认真回答我说，不是，不是研究这个。他停顿了一下，然后又说：

"但你要是有兴趣，有时间，下回我可以给你具体讲讲。"

我很惊讶，立即回答说，好啊，我现在就有时间。他说他得趁着下雨，先检测空气和水体质量。于是我陪他在桥头飞无人机。他一只手先把机器停放在石桥栏杆中间平坦的湿漉漉的望柱上，另一只手从兜里掏出一块很小的遥控仪。旋翼慢慢启动了。他一手扶着桨叶，一手冷静地遥控，像放飞一只风筝一样地放飞了它。无人机缓缓垂直上升，然后从桥头垂直向下，到了几乎贴着水面的时候，才开始水平移动。他的视线紧跟着，也贴在水面上，过一会儿又收回目光，看看遥控仪上的显示。雨水不断地从他额头上方的连帽檐上滴下来，顺着脸颊落下。他眉头紧锁，看起来非常认真，但又极其不安,不停地来回走动,好像站在一个全人类命运攸关的分水岭。

关于那天,我记得最清楚的就是他在桥头的不安,尽管之后发生的事远比这一刻离奇。我一开始以为他是担心无人机掉进水里,或者担心雨下得越来越大,会损害到他的检测仪。但渐渐地,我意识到他的不安非同寻常。我见过很多种不安:书奇担心她的小孩,我妈担心我的碌碌无为,我爸担心他的木材。还有很多种相似的不安的等待:线上等考试结果,医院里等CT结果,小区门口等核酸结果……可吕陆海那天的不安跟那些不安不一样。他的不安也关乎不可知的未来,但盘旋在他头顶的那种烟雾般的焦虑的情绪里面存在某种笃定的、不可动摇的、非世俗的信念。有那么一会儿,无人机飞到视线之外的时候,他突然停止了走动,一脚踩上石桥扶栏,弓下腰,俯身向下看水面。他那副纤长的躯体伏在桥栏上,像一张弓,好像随时准备着要把某种精神、灵魂之类的重要的内在的东西放射出去。他仔细地盯着水面,看着上面重复出现的雨滴、漩涡、波浪,眼光闪烁。等无人机盘旋着从远方飞回来的时候,他又默默地从桥栏上爬下来,重新开始不安地踱步,双手摆在胸前,头高高地抬着,像个虔诚的教徒,一面领受苦难,一面幸福地祈求。

我好久没在现实中看到这样的人物、场景了。我想起陆老师之前说害怕她儿子和那群人在弄些什么怪力乱神的东西,突然间也感觉有点忐忑了。我从兜里掏出烟和打火机,正准备点一根压压惊,忽地迎来吕陆海制止的目光。他的目光明澈,眼睛澄亮,是那张未老先衰的脸上看起来最年轻的部位。烟雾大概会干扰他的监测,我这么想着,只好乖乖地把东西收了回去。

我们在岸边待了一个多小时。之前在上海出租屋附近散步的时候,我其实完整地看过好几次无人机飞行。苏州河边有一片挺大的绿地,有家咖啡馆,周末的时候有年轻人会在那里玩无人机。我每次遇到的时候就会立即把无用的时间丢在一旁,点杯咖啡,坐在那儿,看。那些机器的续航时间很短,一般不会超过半小时。但那天吕陆海用的无人机起码飞了一个小时。这期间落雨风斜,我打着伞也没用,浑身上下全湿透了。吕陆海当然湿得更厉害,但他至少还穿了套鞋和雨衣。

等他把无人机收回来,从架子上取下检测仪的时候,我已经快冻死了。他仔细地看了会儿遥控仪上的数据,揣进兜里,重新把那台无人机安放在手上,脸上露出一丝不易察觉但也难以掩饰的欣喜。

"我得先回去暖和一下,换个衣服啥的。"我说,"新冠还没好全。"

"没好全,还抽烟?"他转过身来看我,嘴角有很不明显的笑容,手上跟刚出现的时候那样端捧着那台无人机,像哈利·波特里手上停着猫头鹰的巫师。

我解释说反正肺已经坏掉了,抽两根也无妨,顺口问他阳过了吗?他摇摇头。我说那你不害怕吗,口罩都不戴一个。他说这有啥好怕的,然后说前面就是他住的地方,应该比回小区更近,要不先去他那儿避雨。我说你这么环保,可能连暖气都没有吧。他说暖气有的。我又问你那儿有很多人吗?他说现在有一两个人吧。我有点犹豫,他问是不是因为他爸妈跟我说了这个房子的事。我说倒也不是,想想好像确实也没啥好怕的,就说,好,我去。

我们沿湖往前走了一会儿,不到一公里。走在路

海怪　035

上的时候,我发现那种非常好的感觉又回来了,就是第一次在湖边夜游时获得的那种很好的感觉。天气恶劣依旧,风太大了,路上没见着人。我干脆把伞收起来,跟吕陆海一样,直接在雨中行走——有一阵,我感觉自己已经认识身边这人很久了。这段步道我也很熟悉,平时走过好多次。也有可能是因为这岸边的风景实在太单一了,哪里都似曾相识。我想起刚才那座放飞无人机的白石桥就是现捕现吃的那个钓鱼老头的根据地,便问吕陆海平时有没有看到过那个老头。吕陆海说看到过,眼光里掠过一丝不屑。我说你看他这样其实也挺环保的,高效。他回答说这儿禁捕,我说那你怎么不制止他?总有一天,他回答,然后沉默了一会儿,又说一遍:总有一天。

快到地方的时候,雨慢慢停了。那房子离湖真的很近,就是要跨一条沿湖公路,被一小片稀疏的小树林挡住了。我意识到自己散步的时候其实经常路过这片小树林。从湖岸穿过马路就是那片小树林,有一条显而易见的林间小径通向深处,里头闪烁着模糊的暖光。吕陆海走在前面,我在后头跟着,一步步,脚下铺满前一年没被扫走的落叶,窸窣作响。这里的树木并不繁茂,但种类还挺多样的。有几株冷杉,披着常青的针叶,安静地绿着。大部分树是北方冬春之交典型的荒凉和枯黄,还没从前一年的衰败中缓过来。有不少树的枝头还是光秃秃的,好像有什么东西在阻扰着春天。还有少数树上已经有细小的东西在生长了,虽然从下往上看,不太能分辨出是枯叶还是新苞。

小树林的尽头就是那栋房子。灯光越来越明晰——房子青灰色的轮廓清晰可见,屋前小道上有两盏外灯亮着,在泥路上投下一道道潮湿的树影。这房子远看就很眼熟,一条笔直的小路通向大门的台阶。走到台阶跟前的时候,我恍然意识到,它的外形跟书奇家小区的别墅几乎一模一样,三层,二楼有个露台,三楼有个小阁楼。墙体也是灰色的,只是看起来比小区里的房子陈旧很多,有一半都被爬山虎布满了。一只不知从哪儿来的鸟突然从林间蹿出来,拨弄着一片落到二楼露台的树叶。

"你这房子跟那个小区里的房子……"

"很像,对吧?"

吕陆海一边开门一边回应我。他没拿出钥匙，门也没锁。屋内的格局果然也跟书奇家和她邻居家一样，门边就有一个房间，就是书奇他们那里用作茶室的位置，再走进去是挑高的客厅、餐厅，穿过去就是后院。尽管如此，这屋子依然让人感觉挺怪异的，清冷，屋里也没开暖气。里面几乎没有任何家具，装修简陋老旧，水泥地，墙面上留有残破的白漆片。

"那个小区里的住房是我爸在美院的团队统一设计的。"他带我走进空荡荡的客厅，随手拉了一把木椅子给我，又从厨房里拿了块干布，"这儿是他们当初开发这片居住区的建筑试点，没产权，目前暂时还在给他们继续用，作为福利。"

我点点头，接过干布擦头发，同时听到一阵轻快的脚步声。从旋转楼梯上急匆匆走下来的是一个瘦小的女人，套了件浅色的毛衣。她年纪也不大，但脸色跟吕陆海一样苍白，有那种因过度操劳而衰老疲倦的痕迹。她看到我来也没显得惊讶——事实上她可能根本没怎么看我，紧张而专注地盯着吕陆海，然后目光在他和他放到餐桌上的那台无人机之间来回切换。她没说话，但我能看到她的嘴唇在发抖。

"可以了。"

吕陆海看着她,眼里闪着光,一字一顿地说。他看起来和她一样激动。他们就这么激动地僵持了一会儿。终于,瘦小的女人向吕陆海走了过去,小心翼翼但紧紧地拥抱他。

有那么一瞬间,我感觉整个屋子里的空气都凝固了,而我自己根本就不在这个屋子里——我感觉自己好像跟平时那些慵懒的、无所事事的午后一样,还躺在书奇爸妈家的沙发上,在刷一部没头没尾没逻辑的悬疑剧。正当我实在不知所措,想掏出手机来刷刷朋友圈回到现实的时候,脚底突然传来一串奇怪的咳嗽声——之所以奇怪,是因为那声音低沉,但分贝不低,节奏均匀、反复,像沉闷的鼓点;不用鼓槌,手指直敲鼓面的那种,能播放出鼓身陈旧的裂痕;好像有什么人——有什么奇异的生物——在耗尽毕生最后的力气,疯狂地咳嗽,大口地喘息、怒吼——

"咯咯咯咯咯咯咯咯。"

我猛地从椅子上跳起来,手机摔在地上。地板像一面光滑的鼓皮,被地下的咳嗽震得打战。我向下张望,意识到这栋房子跟书奇爸妈家和彭欣阿姨家最大的区别就是旋转楼梯停在了一楼,没有通向地下——原本向下的楼梯口被水泥封死了。

我看向吕陆海和他的朋友。两人脸上没有任何惊恐,甚至还浮现出某种不合时宜的、欣慰的微笑。

四

那年北方的气候真怪,清明刚过就急速转暖了。下雨的几天,水库边塑胶道的绿化带里还能见着冻霜。天一转晴,春天就真的来了,暖。花千朵万朵地开,水边的人也多了起来,特别是年轻的面孔,一张张兴奋的脸,像在迎接什么神秘的好运——那些不断重复的、美丽的日子。

傍晚时分,书奇在水库边接我。她的 Model S 停在吕陆海家前面的小树林边,像一簇林火,罄其生命,拼命地红。

"你不会也加入他们吧?"一上车,她就焦急地问我,眼里燃着火。

她说彭欣阿姨打电话全跟她讲了,说本来想让我跟辰辰的发小接触接触,看看他那个奇怪的社团和房子里的情况,劝劝他之类的,没想到我也变成了这里的常客。我问,彭欣阿姨消息这么灵,不会是每天都在露台窗口监视我出门吧?她说这哪能叫监视,那是关心。我说有时候监视和关心就是一回事。

书奇心急火燎地开着车,一边不停地打探。他们到底在干什么?有没有危险?不只是环保宣传吧?小海的父母担心自己的儿子已经疯了,交往了一群精神分裂,彭欣阿姨说他们可能在做一些邪乎的事,是真的吗?我被问烦了,反问她,你为什么要帮彭欣阿姨那种人打探跟你们毫不相干的事?她气坏了,反问我,那你为什么要去参加她的饭局?我说因为我对发小的故事感兴趣啊,而且我哪知道她故意不邀请你呢?她更气了,又气又急,大声强调:彭欣阿姨没有故意不邀请我!说完就气哭了,在车里放声大哭。我觉得她疯了,可能是平时压力太大了。这时我们正在进城的高速上,她是今晚唯一的司机。于是我软下来,用尽量温柔的语气对她说,好了,别哭啦,你还是三个娃的妈妈呢。

为了稳定她的情绪,我在路上把吕陆海的事原原本本地告诉了她。我先非常生动地描述了一番吕陆海在桥头像举行宗教仪式一样地放飞无人机,勘测空气和水质,然后又把那栋房子的形貌构造巨细靡遗地描述了一遍。说到从地底下发出的咳嗽声时,书奇在驾驶座上打了一个寒战,说,哎等等,你不会是在编故事吓我吧?我说这都是真的,亲眼所见,亲耳所闻,接着告诉她那些我没有亲眼所见的,由吕陆海告诉我的事。

那是一条鱼。

至少看起来像一条鱼,吕陆海说,一边用手比画着。体型很大,但一开始来的时候其实非常小。有多大?身长大概两米多,窄,体形像刀子;鱼嘴像针,加上去估计接近三米。有多小?最开始的时候跟手掌差不多大,通体透明。什么时候的事?几年前,疫情刚开始那会儿。怎么发现的?在水库边散步的时候偶然发现的。那时候他从美国毕业回来好几年,对工作毫无兴趣,也不想折腾别的,疫情暴发以后就从市区搬到昌平这栋空宅子里,渐渐习惯了成天什么事都不做的生活。

有时候,他能一个人在屋里、院子里发上一整天的呆。偶尔他也会出趟门,在小树林间漫步,辨认各类树种科属。偶尔在水库边上转悠,看看水面树纹似的涟漪,看鱼,看看天空,看鸟,看白鹭向水面俯冲,看田垄把忧伤层层围住,看工人用塑胶一点点铺路,看老人用残余的生命垂钓。

"那时我对世界不太在意,对任何事情都漠不关心。"说这句话的时候,他认真地看着我;他那瘦弱沉默的女同伴在一旁不住地点头,好像是表示认同,又好像在代替我回应他。"这世上没有什么我想拥有的。我知道没人值得我羡慕,没有任何事情值得我付出时间。我一无所有,只有大把大把能被我轻易丢在一旁的时间。我与世界的联系仅仅是一种不切实际的希望,而这个世界早已变得昏暗无常。"

就在那个时候,鱼出现了。

就在那老头的鱼竿上,你见过的那个老头,他提醒我,在桥边现钓现吃那个。那天他站在桥头,看老头垂钓,烹饪,食用,周而复始,直到鱼突然咬杆而现。一开始他也没觉得有多特别,不过是一条漂亮的、全身无鳞的、透明发亮的小鱼,但很快他发现自己的视线无法从鱼身上挪开。有一种东西在他体内苏醒,操纵着他的呼吸。"我第一次意识到自己一直都被困在一座虚无的地狱里,和自己搏斗。"他在老头把鱼扔进锅之前制止了他——那是很久以来他第一次主动地干扰他人的生命活动,第一次主动地参与这个世界的进程。垂死的小鱼被带回了家,从小就会发出轻咳似的叫声。后面越长越大,声音就越来越响、低沉。一开始它住在水池里,后来换成了鱼缸,更大的鱼缸……最后他买了水族馆里的深水大鱼箱,把房子的地下两层都打通,封砌地面,只有一部家用电梯能通到地下。

"那不就是养一条大鱼吗?怎么这么神神道道的,还来这么多人,比养娃还操心?"书奇问。我们正慢慢地驶入市区,开始堵了——这天是我到书奇家后第一次进城,书奇组织了一场小范围的同学聚餐,约了几个十多年没见的高中同学,在亮马桥附近的一个居酒屋里。

"的确很怪,我没完全搞清楚。"我说,"他们说是鱼召唤的大家。你可以把那条鱼想象成河神之类的,能帮人实现愿望的那种。"

"真的假的？"

"看你愿不愿意相信呗，他们还说那鱼还能听懂人话呢。他们养得倒是真不容易。不是说喂养之类的麻烦。吕陆海说那鱼不吃任何东西，像植物一样。比植物还牛，连光合作用都不需要，只要在干净的水里就能存活。但就是需要优质的外部环境，要达到一定质量标准的水和空气。所以他们二十四小时有人轮流在楼下监测水箱里的水质和空气质量。"

"那他们去水库监测干吗？"

"他们打算把鱼放回水库。"

"放回去？"

"对。"

"天哪，如果真是这么大的怪物，这样私自放生能行吗？"

"本来就是从水里捞上来的呀。"

"那如果放回去，怎么能保证每天的水质和空气都达标呢？"

"所以就得一直监测、调控呗。前两年疫情没找到

海怪　045

机会放生,不确定因素太多,人手也不够。现在差不多是时候可以放啦。"

书奇双手紧握方向盘,一脸匪夷所思。沉默了一会儿,她又问了我一遍是不是乱编了一个故事糊弄她。我说当然不是,我说的都是真的,如果他们说的都是真的的话。

"那你亲眼看到那条鱼没?"

"没。"

"如果是真的,为什么不能给你看看呢?"

"他们问了我要不要下去看,我说我还没准备好。"

"怎么可能,你怎么可能放弃看这么有趣的东西的机会?"

书奇做了个鬼脸,她确实了解我:我是一只受好奇心驱使的动物。我想不出反驳她的话,但我也不想告诉她我没有下去看那条鱼的真实原因。事实是,我有点害怕了。不是怕鱼、怕怪,我害怕的是他们的故事,害怕故事里那只非人间的生物身上显而易见的、救赎般的宗教能量。我害怕自己会变得跟吕陆海他们一样,忽然在这个昏暗而无常的世界看到某种不真实的、不切实际的意义,因为人在看到一些事以后,就再也不可能看不到了。

到亮马桥附近的时候,天已经黑了。书奇找到亮马河边的一个地面停车场。停完车,我们一起沿河走了一段。城市的河流有一种平凡的优美,既喧嚣,又宁静,在夜色中熠熠生辉。我之前去到过北京城里很多次,书奇刚结婚的时候我还在市区住过好一阵。可那晚在陌生的街道上游走的时候,我感觉自己正在潜入的是一座完全陌生的城市。像条熟睡的深水鱼,忽然从睡梦中醒来,发现自己被推进了一条淡水河。我们拐进一条街,沿着漆黑小巷走到一个酒店公寓和饭馆聚集的片区。

"那他们打算什么时候放生呢?"快走进门前,书奇又停下来问我。

"不确定。所以我最近经常去看他们,看看他们有没有放生的打算。你想去看的话,我到时也可以把你喊上一起,琪琪他们要有兴趣也可以一起来呀,我跟吕陆海说一声……"

书奇的脸突然阴沉下来。她走到居酒屋门廊前,整个身子歪斜地倚靠在门柱上,好像她的脊柱忽然失效了,再也无法支撑这副躯壳。

"怎么了?"我吓坏了。

"我可能要离婚了。"她呆呆地说。

"那也没什么啊,商量好就行。"

"他们想移民,让小孩都去国外长大……他们说环境比什么都重要……可我不觉得这里很糟糕啊……我不想一事无成……他们说我在这里也没什么重要的事,意思就是我一事无成,在这里,在哪里,都一样,一事无成……这里不需要我……好像我做的一切,一切……只是喂养了几条鱼一样……"

我诧异地看着她,看着那些断断续续的话语像痛苦一样从她的嘴里涌出来。我第一次发现她原来已经这么老了。她又念叨了一会儿,心情渐渐平复了。我看着她很慢很慢地重新直起身子,在四月的晚风中大口呼吸。

"我们进去吧。"她说。

那晚来了四个老同学,两男两女,加上我和书奇一共六人。十几年没见了,一开始都很拘谨,客客气气的。我本想点酒,后来看看大家没这意思,书奇也得开车,就忍住了。饭局开始不到一小时,书奇婆家来电话了。她接完电话就立即从位置上弹跳起来,说她得回去给女儿戴OK镜,琪琪只信任她一个人,家里没别人能戴好。她说她要回去一趟,戴完马上会回来,说着就冲了出去。一个在外交部工作的未婚男同学问,什么是OK镜?一个在大学工作已婚已育的女同学答,就是视力矫正镜,小孩子晚上睡觉戴的,有点像隐形。另一个男同学问,她不是住昌平吗,来回一趟起码一个半小时吧?我说对,但她说了要回来,应该就会回来的。

居酒屋包厢上菜挺慢的,一道一道,时间也就走得慢些。我们边吃边聊,大家很快都熟悉彼此的近况了。他们问我在干吗,是不是还在写作,我说随便写写。他们问我写什么,我说写剧本之类的,有戏剧性的东西。我们又聊了一会儿国家大事,世界新闻,战争冲突之类的。我说战争是最强烈的戏剧冲突,能轻而易举使整个世界陷入痛苦。那个男同学说有时候战争就是一种普通的人类活动,只是为了改变,因为世界不可能一成不变。我其实觉得他说的有一点点道理,但出于道义应该反驳他,于是就跟他争吵了起来。吵着吵着,我内心又觉得我的行为有点反常,不知道自己是怎么了。

书奇终于回来了。她一来就大嚷着要点酒,说自己把车开回去了,给女儿戴完 OK 镜后就立即打车折返。我们的争吵刚熄火,一听终于能喝酒了,如释重负。两个要回去带娃的女同学先告辞,剩下的人都开始狂喝。很快,所有人都喝得烂醉。书奇平时喝得少,这次喝得凶,醉得厉害,整个人瘫俯在餐桌上睡死过去了。我酒量稳定,虽然晕了一阵,清醒得快,看着两个男同学摇摇晃晃地钻进快车后,自己打了辆车,带书奇一起回昌平。

快到她爸妈家小区时,书奇终于慢慢清醒了。她打开车窗透气,接着又把头缩回车里,大声对前排的司机说,你开慢点啊,这里是别墅区,有限速的,你撞到小孩子怎么办?!司机是个很年轻的小伙子,不屑一顾地说,还没到地方呢,再说了,这个点哪儿有人?书奇酒劲还在,又被激怒了,尖叫着骂,你这人怎么回事,开的什么车?我要投诉你,我操。司机也火了,越开越快,一边轻声骂,神经病,住别墅了不起吗?尖叫渐渐变成了醉醺醺的愤怒的咆哮。我懒得干预,就坐在那儿,只盼着赶快开到地方。

突然一阵急刹,车子猛地停住了。我和书奇都没系安全带,整个人往前倾过去,脑袋狠狠地撞到前座上。我的酒意完全消失了,书奇的酒好像也醒了,怔怔地转过头来看看我,然后再往前看。此时车停在公路正中间,一边是湖,一边是树林。透过挡风玻璃,我能从后排看到一只庞大的、发光的怪兽正在前方的公路上缓缓穿行——

它前后长着四条腿,身体狭长,大概有一辆车那么长。形状如刀鱼,嘴若长矛,树枝状的触须垂在安静的鱼唇上。它通体透明,脊背在城郊的路灯下明亮地闪烁。它缓慢地迈着四肢,穿过马路,从容不迫又不乏倦意,仿佛是刚刚穿城而来的。

我打开车门,下车,跟上去。路灯下,我终于看清了。它那一前一后迈进的四条腿其实是人腿——我认出那是吕陆海和他的同伴,一前一后地扛着他们的鱼,像两个扛着船艇的赛艇运动员。鱼安静地卧在他们的肩上,背鳍和脊骨持续发光,像个奇迹。

我跟着他们继续往水边走。我想喊他们，但我的嗓子好像被什么堵住了，发不出声音。我看着他们在水边默默地停下，整齐划一地蹲下身。鱼一点一点地从他们肩上往下滑。我看见它撕开一道水痕，和风一起穿过水面，很慢很慢地潜了下去。水中响起了一阵咳嗽似的声响——但这次跟我在那屋子里听到的不一样，一点都不沉重，反而像一种善意的欢快的嘲笑声。它那透明的身子立即消失了，但我依然能看到它在水中的位移。我看到它游走在一条疲倦的轨道上，一条另一个世界留下来的路上，拼命地驱赶着前方的波浪。我看着水面，感到生命涌过我全身。

书奇走到我旁边，站在吕陆海和他的同伴身后。又过了一会儿，年轻的快车司机也来了，站在我们身后。我们所有人一起在湖边站了一会儿。

那个夜晚很普通，跟所有其他的夜晚一样，无穷无尽。

我后来再也没有去过昌平，再也没有见过吕陆海和他的同伴，再也没有见过书奇的邻居。那晚过后的第二天早上，我就匆匆收拾东西，顶着宿醉的脑袋，坐高铁回到了上海。我和书奇前几年还保持联系，但后来她决定举家移民加州，联系就越来越少了。后来我一直在上海，找了一份工作、一个丈夫，生了一个女儿。不久前，我带五岁的女儿去了一趟加州，拜访了书奇。他们把昌平的一套别墅卖了，在旧金山海湾买了一栋很大的房子。书奇的两个儿子放暑假在家，带我女儿去沙滩玩耍；琪琪在纽约上大学，假期不回来住——她在那儿有一群自己的伙伴，一群与她志同道合的人。我和书奇坐在他们大房子的露台上，外面能看得到海。我们东聊西聊。她问我还写作吗，我说不写了。我问她她爸妈还好吗，她说他们主要还住在国内，现在偶尔也还会去住住昌平那个房子。我想起了那年春天的事，问她你的邻居他们还好吗？她说后来也搬走了，应该是在他们家移民之前就搬了；邻居家的明星儿子一直火不起来，据说是因为水库那里风水不好。我说会不会跟那条放生的咳嗽鱼有关，她有点不解地问我，什么鱼？我说就是那晚吕陆海他们放生的那条怪鱼。她好像突然被这个名字击中了，一脸震惊而茫然地说，啊这个名字好熟悉,但我怎么也想不起来是谁了。我七零八落地讲了几句那年春天的事,她便说她怎么什么都不记得了,一面在记忆堆里苦苦检索——

"天哪,我完全想不起那些人长什么样了。"

其实我也早就开始忘记那年春天的故事了。太荒诞了,像一场梦,却又不像。

仍然活着

衡山路地铁口是个魔法口。从暗黄的方块口子里出来,还在一步步爬楼梯,会突然出现一种不知从何而来的动量,把你迅速地推出。进去的时候也一样:此处通常静得吓人,城市的混沌喧闹被几株浮在入口的绿竹和贝叶棕过滤了,还没反应过来,同一阵守恒的动量就会把你推下去,拉回地心,传送到城市的另一头。

不过这天傍晚,从衡山路地铁口走出来的时候,小朱老师突然又有了一个全新的想法。"魔法口",这个描述也太简单,太无趣,太不精准了吧。所有不明晰的庸常的体验都可用超自然的力量来形容。魔法的新奇感主要来自出站时大口呼吸的愉悦,毕竟这里的街景和绿化实在太美好了,干净、友善、从容,尤其是对于长居城郊、久坐地铁的人来说。不对,不是魔法口,应该是"传送门"。嗯,portal——很久以来,她终于又一次想起了学生时代玩的那款游戏,拿一把传送门枪,打到墙面、地面、天花板……任选两个朴实的平面、曲面,三维空间的视觉表面,就可以开启蓝橙两道门,凿穿生活世界,任意穿梭。毕业后的十几年,她没再玩过电子游戏,但她没忘记游戏里那种从密闭空间穿墙而出的自由感——凭借蓄积的、存储在游戏和生命时间里的动量,咻,飞出去。上一次想起这款游戏的时候,她还在她的四壁里头挣扎呢。那时她没有花太多时间思考,因为在那种时候想到传送门,想到体内毫无意义的动量,不过是徒增烦躁,太消极了。可这次不一样啦!因为她马上就要被推出去了:婆婆已经把橙子从幼儿园接回家,做好饭了;她说了要去城里吃饭,会晚回来,可能比橙子爸爸还要晚,不用等她;现在她已经穿过一道门,离开了城郊的日常;接下来,就要穿越另一道传送门,去到整座城市最美好、最值得信任的街道,她马上就要被推出去了。想到这里,她愉快地哼起了歌。

抬头看,天空是迷人的深蓝,有几颗疏星在悠徐地闪啊,闪。明明已经快到饭点了,人行道上却几乎没有人,车流量也不大。街道是橘色的,上面流淌着一种温柔善良的气息,一种节日的幸福记忆。她真喜欢这种安静、优雅、轻巧的暖色调。这才是冬天夜晚应有的色调啊！其实她住的那片城郊也差不多是这种色调。她住在十一楼，窗外不远处有座巨大的热电厂，到了晚上就发亮，放射金黄璀璨的电光与能量。可那种光太重郁，太粗鄙了，投罩到周遭万物，工厂、屋顶、墙壁、汽车、马路，从玻璃渗进她的屋子，把一切都染成沉重乏味的褐色。可在这里呢？她那原本暗沉的褐色大衣都在街灯下泛起了轻盈的柔光。这件大衣是前一阵"双十二"的时候在网上新买的，快销品牌的全羊毛，质地粗，胜在版型好。她刚拆了穿去上班那天还是挺开心的，只是没人夸她，连橙子都没注意到她买了新衣服；可能还是因为她的身型太小，撑不起来。

  可这又有什么关系呢？她沿着笔直的、善良的街道往前走。路灯的光线穿过萧索的枝叶，在地上拉出一个虚长的影子。有个身着雪白大衣的高挑的女人迈着大步从她身边走过，街面上便划过另一个更为修长而饱满的影子。学校机关里的同事们叫她小朱老师，再正常不过了。首先是因为她办公室的小领导也姓朱，但还没到处级，暂时只能被喊作朱老师；同一个办

仍然活着 059

公室,辈分层级不能没有显性的区分。另外,她在工作日常中的形象呈现,大概也是一个小可爱:她五官精致小巧,自认和公认都有几分姿色,就是身材矮小,骨架单薄,即便不运动也从不发胖。比如去年足不出户的时候,她身边所有的同事都发胖,只有她瘦了十几斤,比平时又小了一圈,好像脱了层壳,只剩下一个本质。她记得刚回去上班那会儿,她成天闷在口罩后头,身穿太过宽大但容易打理的褐色连衣裙,在财务大厅跑材料,恍惚地走来走去,像杯摇晃的浓缩咖啡。后来她努力往自己身上添了点肉,还不忘买最贵的娟姗牛奶给橙子喝,还好橙子爸爸长得高……

小朱老师看着那个女人的背影,突然也想要一件白色的大衣了。羽绒服也行。也不一定要雪白的,但至少是浅色的吧。特别是到了冬天,她的衣服就全是深色的了。黑色,褐色,藏蓝色。她给橙子倒是买了不少浅色系的衣服,但真的太容易脏啦。她自己只能穿深色。即便在如此美好的街上,她也只能是褐色的。她从衣兜里拿出手机看了一眼,离约好的时间还差10分钟——她恨不得立即钻进一家商店,把身上愚蠢的、沾满灰尘的褐色大衣给换下来。可惜这条路上没什么店铺,也因此才显得安静、善良。

祝力文会穿什么呢?她斜穿过街,好像跨过了一条闪亮的河流,想起了即将见面的老同学。上一次见面大概是十年前。那也是个冬天,祝力文上身披貂,下身长裙,蹬了双闪亮的高跟凉鞋,放肆地炫耀青春与恒温的资本,藐视着凛冽的现实。名媛贵妇的装扮跟祝力文二十多岁的傲美样貌并不匹配,但也不违和。小朱老师当时刚入职,还没入编,基本就是个学生。老同学成熟的打扮和那种到过许多地方、见过许多世面的谈吐令她大为震惊。她知道祝力文家境很好,但她还是无法理解自己的同龄人为什么已经获得了这样的成功。

而且可以肯定的是,祝力文没有攀附男人。从学生时代起,她就是那种不可一世的好强个性,而且她显然有出众的才干。优越的"大女主"是不可能依附男人的;更何况,她们以前念的是全省最好的中学,强调素质教育和国际视野,信条是培养未来的社会精英、生活的强者。小朱老师至今还记得高中淘汰考那会儿,有个女生的成绩是班里第一名,平时很喜欢看日本言情漫画。最后一轮面试,那个女生跟面试官说自己未来的理想职业是家庭主妇,结果被毫不留情地淘汰了。她记得当时大家都在教室里惊讶、唏嘘,只有祝力文一手拿着第一代 iPod 听歌,一手放下一本刚读完的《百年孤独》,然后摘下一只耳机,冷冷地说:

"注定要当寄生虫的人不会有第二次机会被世界记住。"

事实是,她确实怎么也想不起另一个女生的名字了。另一个事实:祝力文绝不可能依附男人,无论她骄矜的名媛装扮有多么浓郁的迷惑性。祝力文大学念的是美国"藤校",毕业后去了最好的咨询公司,上回见面时已经年薪百万。她依稀记得祝力文上次说过未来的计划,大概的意思是,要先证明自己有赚钱的能力,证明你能适应世界,然后再去改变世界。那番话听得她热泪盈眶。她自己也是这么打算的。她要先适应世界,适者生存,然后……然后改变!

她走到了街对面。临街伏卧着一栋陌生的、欧式的方形建筑,好像一个时光的外来者。墙体暖白,流线清晰独立,外嵌一排端庄对称的多立克壁柱——还是叫爱奥尼克柱?高中就学过,但老分不清,从没分清过,反正就是那种最简洁的。没有曲形的内卷,没有花里胡哨的装饰,是她喜欢的那种,最理性的那种。这肯定是个新建筑,她以前来衡山路从没见过。她掏出手机,看了眼地图导航,确认这里就是餐厅的入口。餐厅是小朱老师选的。大众点评上说这是家新店,在新开发的综合体里,环境极好,人均不到400块。上一次吃饭的餐厅是祝力文选的,外滩某栋散发着殖民气息的高傲的楼,人均近千元。后来她俩没再见过面,因为小朱老师不想花这么多钱回请,又怕自己选的餐厅对方看不上。后来她结婚的时候在班级群里发了邀请,祝力文没回复,她又忙得晕头转向,就没单独发消息;婚后经济还算宽裕的时候,她也想过约一次,但祝力文当时的朋友圈显示她正在欧洲滑雪;后来橙子出生了,再后来,是疫情……但她一直很想知道她那勇敢强大的同学怎么样了,在世界老去、世界从她的生活中逐日撤退的这几年在做些什么,有没有新的奇遇,是不是已经开始改变了……

她深呼吸,胸腔里立即涨满了不成熟的、年轻的希望。她像刚才那个白衣女人一样迈起了大步,往前走,每一步都使她更靠近另一种奇迹般的生活。导航让她沿着方形建筑的短侧边向里走。她走过一道精心构思的景观矮墙,走过好几株移植的常青树栽,几盆盛开的月季,走到一个静谧的、熠熠生辉的小广场。

一个蓝衣蓝帽的外卖员迎面而来,急速从她身边擦过:城市最后的亡命之徒,在一个永恒的夜晚飞奔。她吓了一跳,充满信心的、从容的步伐顿时被这种架势打乱了,但很快又调整了回来。往右拐,又一栋暖白色的方楼,跟临街那栋的风格大体一致。从拱形的落地窗里面漫溢出许多欢欣的色彩,因呼吸而闪着的斑驳的光影。安安静静,又热热闹闹,多好啊。她能从玻璃窗看到满墙的酒瓶,红果绿叶的冬青。窗玻璃上还贴着游戏马赛克状的圣诞老人,真可爱。

她推开很有重量的门,餐厅里的暖气令人心安。朱女士的预订,两位,尽量靠窗。带她去窗边入座的服务员长得挺美,画的妆也好看,表现出一种礼貌而疏离的热情——"我来帮您把外套挂起来吧"——她礼貌而疏离地看着小朱老师把脱下的褐色外套叠挂在椅背上,然后热情地提议。小朱老师匆忙地说好,皱皱眉,阻止自己继续辨析已在空气中感知到的那种淡淡的、与愉快的节日氛围相斥的嘲弄与恶意。她坐下来,手指不自觉地在桃木桌上弹了几下,左右上下扫视了一番。餐厅位置不多,只坐满了一半。穹顶吊着水晶灯,挑高的空间流光溢彩,比从外面看更漂亮。对面那桌,三个女人在兴奋地讲话,旁边更近一点是一对情侣在分享一小份烤鸡。他们的位置虽然不临窗,但靠着一棵三米多的圣诞树,看起来十分温馨。他们的晚餐至少已经过半了。

还不到6点呢。祝力文应该会准点到,随时会出现。祝力文对自己的要求向来很高,从外形气质到人格修养。她一般是不会迟到的。小朱老师也不喜欢迟到,但橙子出生以后,时间还是不可避免地坍缩了。她拿起手机,婆婆在家庭群里连发了好几张橙子在家里吃饭的照片:两只小手抓握着筷子,张嘴嚼饭,一脸不快。她急忙回了个粉嘟嘟的小女孩装可爱的表情包(他们都说小朱老师跟这个小女孩有点像),又加了个卡通柴犬跪坐着端茶的"辛苦了"表情包。

发完,按下待机键,她的心情阴郁了起来。黑屏的手机横卧在桌子上——她突然惊恐地发现自己的手机很像那款游戏里的传送门枪。一有消息,屏幕一亮,就好像有人在她明明已经远离的、贫乏无味的生活空墙上打了一枪,开启了一扇传送门。然后,她就会从一个已经在为自己敞开的、年轻的世界里退出——被推回去,被放逐到一个充满死亡气息的春天,被召唤回她那逼仄狭隘、没有出路的生活里去。

"嘿,我的小可爱!"

祝力文一边在她对面坐下,一边摘下一顶巨大的黑色羊毛帽。优美的大帽檐甩到餐桌上,像一阵飓风,撞翻了精致的小圣诞树装饰。帽子被甩到一旁,小圣诞树也被连根拔起了——祝力文纤长的手指拿起小装饰,在手掌间摆弄,一面灿烂地大笑:

"哈哈哈哈哈哈哈哈哈,好久不见啦!"

"好久,嗯,不见……"

小朱老师怔怔地看着祝力文,有点语无伦次。激动的泪水已经旋在眼里,和她的言语一起,跌跌撞撞。

她目不转睛地盯着祝力文那双神秘、美丽的大眼睛,里面熊熊燃烧的是都市的灯火、宇宙的希望——无论身处何处,你的灵魂都会让你自由自在——祝力文的眼睛在说话,在对她说话。她顿时感到热血沸腾。那种不成熟的希望再次涌上心头,像氢气,使她全身充盈。她看到了她自己的黑暗,但她看到自己的黑暗活着,还活着……

"好啦,真开心!我们点菜吧,先来杯喝的!你喝什么?我得来杯烈的,你喝红酒吧?那这样,我先跟你一起开瓶红的,漱漱口——"她没拿到酒单就开始召唤服务员,好像自己是这里的主人,"您好,请给我们开一瓶 Chardonnay,正常价位的就行。然后……你们这儿有什么威士忌吗?哦……不要格兰家族的,给我一杯不加冰的阿贝格,上完菜再上。菜嘛……给我们来一份圣诞套餐吧,但不要马上上,等我们喝完第一杯红酒以后再上,谢谢。"

女服务员的脸上堆满了假笑,点头退下。先前礼貌而疏离的热情被另一种努力表现诚实的殷勤替代了。小朱老师愣愣地看着她,再看看自己的同伴,说不出话来。她觉得服务员的改变应该是跟祝力文强大的气场有关。她觉得这没什么,只是她觉得同一张脸,还是刚才故作疏离、高冷的时候,更好看。

"我可不想浪费太多时间点菜。"祝力文身子靠在椅背上,俏皮地眨眨眼。她穿了一件领口很低的黑色裹身裙,红唇印花,像无数个点燃的词语,在黑光中大口喘气。

"嗯,是的……"小朱老师盯着一朵朵红唇印花,小口喘气。她在大众点评上仔细研究过菜单。她原本准备提议点一份优惠套餐,再加几个小前菜,一份甜点。但她觉得祝力文说得很有道理。人为什么要花这么多时间研究花费多少、吃什么呢?

"你怎么样?还在学校里工作吗?"祝力文调整了一个更自在的坐姿,全身上下涌动着生机。

"对,还在教务处。上次见的时候刚刚入职,还没入编。现在已经在编了,负责本科教学运行。"小朱老师仓促地说,接着更详细地介绍了一番自己稳步向前的职业状况。

"那很棒啊,稳定。"祝力文欢快地说,看上去是真心在为自己的老同学高兴,"现在工作真不好找。你知道吗?我今天来的路上没打专车,简直是个灾难。那个快车司机不认路,还会突然变道,我快疯了,一看就是个新手。今年已经碰到好几次这样的了……不是待业的学生,就是原来根本不干这行的人,丢了工作,只能来当司机,还老是一副很不情愿的样子。"

酒来了。这次是个体形微胖、很年轻的男服务员,身穿蓝白条纹衬衫,头戴红色圣诞帽,看起来有点滑稽。他端着托盘,小心翼翼地把两个玻璃杯放到桌上,然后把托盘夹在腋下,费力地用开瓶器凿开木塞。小朱老师面前的杯子里瞬间装满了酒——

"您就这么倒,不让我们先试一下吗?"

祝力文在空气中做了一个暂停的手势,七分袖口下裸露一截纤美的手臂。小服务员如梦初醒,慌张地打住,有几滴酒洒到了酒杯外头。他不知所措地杵在原地,身子不自在地左右来回倾斜,像个不倒翁。门口的女服务员急忙跑来,一个劲地道歉。小朱老师这才发现他们的穿着是不一样的,女的应该是领班之类的。不好意思,不好意思,他是新来的,还不熟练,不知道要

仍然活着　　069

先给客人尝酒,请您多多见谅——说这话的时候,她的身体和目光都在奋力地往祝力文的方向贴靠——您看我给您新开一瓶,再送您两杯酒,可以吗?祝力文大度地摆摆手,说,算了,就这样吧,没事,我们就喝这个。女服务员连声道谢,迅速用白餐巾布抹去了洒出来的酒,拿起祝力文的酒杯,倾斜着酒瓶,娴熟地斟上。

"看到了吧?餐厅也一样。"等服务员走开,祝力文握捏住酒杯,凑近小朱老师说,"现在每个行业都这样,特别是服务行业,全是新来的,临时的。"

小朱老师拿起酒,碰杯,表示同意。然后她分享了他们学生紧张的就业形势,作为补充例证。她又强调了一遍自己单位编制的稀缺,在一定程度上可以弥补庸常琐碎的工作日常。强调完,祝力文脸上泛起的红晕(她已经开始喝第二杯了)和轻蔑的沉默又令她觉得自己俗不可耐。于是她赶紧把话题转回祝力文的生活,她想赶快听听真正激动人心的另一种生活——那沸腾在她高挑丰满的身形里,燃烧在她无畏的眼睛里,在她的酒杯里急速旋转的、浓烈的疯狂的生活。

那是一种什么样的生活啊!

祝力文开始用稀松平常的语气回述过去的十年。小朱老师瞪大了眼睛——不,是她的眼睛被祝力文的话语、字、词撑大了,睁得滚圆。大选、硅谷、黑洞、巴黎、耶路撒冷、startup、恐袭、脱欧、乌克兰、红衣主教、奥林匹克、诺贝尔、游行……不到半个小时,小朱老师就重新获得了十年来她错过的一整个世界。因为祝力文见到了整个世界。因为当小朱老师从电脑、手机里关注世界的时候(其实她现在已经几乎不看国际新闻了),祝力文正在世界大事发生的现场亲历。因为她去到了每一片大陆,每一片江河湖海。因为她和成千上万不同地方的人用不同语言交流,与数千个危险而迷人的夜晚结盟,同世上最聪明最富有最有趣的现代男女结伴、恋爱。祝力文在用自己使世界发生意义——小朱老师真为自己的朋友感到高兴,她也为自己能有这样的朋友感到骄傲。

"真难想象啊。"小朱老师兴奋地往嘴里塞了一小块牛肉,一口喝完了杯中酒,应该是她的第二杯了(还是第三杯?),因为已经上过好几道菜了,"特别是过去的几年,我真难想象那时的你在各地游历。我这几年连飞机都没坐过,到今年也才坐了几次高铁。"

祝力文拿起酒瓶,把最后的酒倒给小朱老师,然后示意服务员再开一瓶,一边真诚地看着她的同伴说:

"我亲爱的朋友,你要知道,一切都是为我们而敞开的。干杯!"

举杯,碰杯,畅饮。

第二瓶酒来的时候,祝力文起身去洗手间。小朱老师一个人坐着,眼里闪着激动的泪光。她感到自己的身体变得轻盈了,被一种很好的微醺的感觉托了起来,一种恍如隔世的错觉。旁边一桌的小情侣已经吃完了。男的碰巧也走开了,可能也去了厕所,或者去买单了,留下长相甜美的女伴幸福地倚靠在闪光的圣诞树边上。她碰上小朱老师的目光,对她报以友善的微笑。小朱老师被陌生人的善意感动了,世界是多么美好啊,她想。

"你们等会儿可以移到我们这个位置上来。"甜美女孩开口了,"在这棵圣诞树前拍照特别好看。"

小朱老师抬头看看那棵高大的圣诞树,上面挂满了金红的球体、松果塔、红红绿绿的毛线装饰小帽。对哦,忘记拍照了。她点头说好的,谢谢,咧开嘴,效仿着回复了一个甜甜的微笑。然后,她拿起手机——啊,竟然已经一个多钟头都没看手机,没想起过橙子了!婆婆应该已经在准备给橙子洗漱了;橙子大概率是会哭闹一番,因为他太习惯她给他讲睡前故事了。她今天出门之前特意找出了一本新的《屁屁侦探》系列折叠画本放在他的小床头,这样橙子就可以自己翻看,用小手去抓像山丘一样在书页间凸起的两瓣屁股脸,自己给屁屁侦探捏个造型,编个崭新的故事;可能也是个环游世界的故事……她划亮手机,拍照。一张是圣诞树,一张是新酒瓶和两个倒映出彩色灯光的酒杯。打开朋友圈,选上两张图,编了一条文案,"来自世界的夜晚和朋友",加上一叠星辰闪耀的表情。还得放个合影,她想,等这个夜晚快结束的时候,别忘了合影……

祝力文过了好一会儿才回来,跟旁边那桌的男人前后脚,姿态像一个已离去多年的人。她说她去外面抽烟了,跟旁桌的男人一起抽的,还聊了会儿天。她那傲慢的神态忽然令小朱老师感到一种奇怪的不安。小情侣开始收拾东西,等他们走的时候,祝力文朝男人微微一笑。男人涨红了脸,扶搭着他的女伴走出餐厅。

"呵,男人啊……"她凑近小朱老师,挑了挑眉毛,一脸轻蔑。

小朱老师脸红了,她不知道该说什么。小朱老师想到了她自己的老公,但决定遏制正在抽芽的想法——她向来善于清除一切恶劣有毒的思想。于是她们继续聊天,聊了会儿老同学。主要是小朱老师向祝力文汇报和自己还保持联系的那些老同学的近况。大多数同学都留在了浙江,生活没什么大起大落。也有同学去国外定居了。经济不好,大家都过得一般。没有人的生活跟祝力文一样精彩。

"可你的钱是怎么来的呢?"小朱老师有点醉了,突然想到了一个问题,"是你之前在咨询公司工作的时候攒下来的吗?我可能一辈子都赚不到这么多钱,可以让我满世界到处跑。"

祝力文的嘴唇贴在酒杯的玻璃边,目光蒙眬地看着她的同伴。有那么几秒钟,小朱老师觉得对面的目光好像已经越过自己,越过餐厅绚烂的穹顶,望向了城市边缘的大海。因为等那目光折返回到餐桌上的时候,它已经被染成了一种模糊不清的蓝色。

她开始解释她的经济来源。她的父母有一个信托基金。她自己赚的钱攒不起来,很快会被挥霍完。钱必须流动,她说,人也一样。她游历世界的时候会有利益往来的家族朋友招待,有时候有一些认识的公司会给她资助,艺术和社会驻地项目会提供支持。当然,她也工作。社交就是工作,她说。要知道有很多生意,很多机会都是在酒局上赢来的。她的第一个创业公司也赚了一些钱,但更重要的是帮助她建立了很好的人脉。人际关系是最重要的。不管在哪里,不管什么文化,都一样。重要的是,你得砸酒,砸钱,砸时间。信任不是一面之词,信任是笼络一切资源的基石。资源是被牢牢把控在极少数有权力的人手里的。所以,其实不是哪里弄钱那么简单的事……

小朱老师专注地听。虽然没有完全听懂,但她渐渐地觉得这些话有些熟悉,好像在哪里听过,好像不再是来自那个令她震惊、神往的生活世界里的语词了。她继续听了一会儿。然后,她想起来了。

"我老公也这么说。"她听到自己不自觉地打断了祝力文的话。

"你结婚了?"

小朱老师抬起头。她才意识到她俩还没讨论到家庭问题。对于一场女性朋友的单独约饭,这不太寻常。

"是啊,好多年前了。你可能没看到我发在群里的婚礼邀请,还有我的朋友圈……我娃都上幼儿园了,你想看照片吗?"

她又下意识地拿起了手机。9点了。老公应该还没有回来,因为他几乎每天都有莫名其妙的饭局;因为跟祝力文说的一样,他喜欢参加各种酒局,即便没事也陪着,耗着,像充电一样充时间;他喜欢跟那群同样的自以为成功的男人——偶尔也有女人,和祝力文一样的女人——一起,贪婪地望着远方,那些忽远忽近的权力、资源、机会,那片蔚蓝色的汪洋大海,然后,往里面倾注他残余的生命时间。他已经多久没在家里吃过晚饭了?可能一整年了吧,一整年来他都在报复性地外出;于是这一整年就这样咆哮着冲过去了;当然她也不喜欢他们和橙子一起被封起来的日子,他那副颓唐焦虑弱小的模样,楚楚可怜,好像一只被磕碎了一小片壳的生鸡蛋，每天都在向外漏生命液；那时的她的确更强大，抢菜，团购，做饭，打印作业，给橙子安排网课，监督他学习、适量运动，把该关的新闻关掉；跟邻居吵架，跟邻居交涉，跟邻居合作；家里所有的生存材料都是由她一个人从外界领回来，凭借智力、勇气和运气争夺回来的；她还有她自己的工作，要给本科生排网课，处理各种线上教学的问题，整理学籍档案，时不时还得联系一个个濒临崩溃的学生老师家长，焦头烂额；不知有多少个晚上，她都是在餐桌上那台破旧的、闪着蓝光的工作笔记本前睡着的，睡几个钟头，再爬起来，好像从自己身体里爬出来，抢菜，做饭，活下去；她每天都能感受到自己用盲目顽固的信念支撑起来的强大的生存；那时的她才是生活的强者……

"哈哈哈，我不看了，小孩都一样。"祝力文大笑。她的脸颊此时呈现出一种梦幻的玫瑰色。

"不过，为了防止未来后悔，我已经冻了好几颗卵子了。"她接着兴致勃勃地说，"这技术现在很成熟了。你知道吗，我这个年龄在国外的朋友，基本上每个人都冻过了……其实是个偶然，去年去纽约参加一个聚会，碰到个人,给我介绍了一个医生,然后第二天就帮我临时安排了个检查。本来还以为很复杂,其实特别简单。最后我就多待了一两周,到排卵期,马上就取出来了,而且完全不疼。"

她的手在空气中比画,拇指和食指轻捏在一起,从前方往自己的方向抽移,一个"取用"的手势。指间拢成一个小圆孔,透出后方橙红的圣诞灯,星星点点,来自纽约的红色。橙子活蹦乱跳的模样突然出现在小圆孔后头,一点点缩小,缩成一颗橙红色的、晶莹剔透的卵泡。假如能把橙子缩回去,重新放回去,冻起来;假如能往肚子上打一枪,开一道传送门,把橙子送回去;假如……

她们接着喝酒。祝力文继续说了会儿冻卵的事,然后又讲了几件纽约奇闻。小朱老师沉默地听着。威士忌来了。甜点也上来了。祝力文选了焦糖烤菠萝,太甜腻了。

"你身边有没有发生什么特别的事呢?"

小朱老师如梦初醒,很像刚才那个新来的无知的服务生。她有些晕乎,可能喝了太多的酒。她已经很久没有这样喝酒了。她在脑中自动检索这几年发生的事情——这几年她根本就分不清——除了橙子像小树苗一样茁壮成长以外的其他事情。工作,家庭,染病,痊愈,工作。生活是那么平淡,没有任何波澜,无梦,阴郁。但橙子生长了,是在她的呵护下生长的。即便在封闭无光的日子里,他也在生长。世界倒下的时候她也不会倒下。这时她想起了一件事,一件大家最近在办公室里讨论的事。

她开始混乱地跟祝力文讲这个事。前一阵有个学生失踪了。学工部管,本来跟她没什么关系,但上半年毕业季的时候,她负责管理学籍,这个学生来办公室找她交过延期毕业的材料。她记得那个学生的模样,一个瘦弱矮小的男孩,聚缩在一团松松垮垮的运动服里。她向来会多注意一下身材矮小的学生,特别是男生,因为她很怕橙子可能遗传了自己的基因,以后长不高长不壮,没法在凶险的丛林里存活。那个学生给母亲发了一条告别微信,就关了机,从宿舍里出走,失踪了整整四十八个小时,从遍街的监控记录都没法推测他的行迹。他的父母都从外地赶来了,父亲掩面瘫坐,母亲伏在他宿舍的桌上号啕大哭。据辅导员绘声绘色的描述，就在大家准备放弃希望的时候，他母亲的手机屏幕突然亮了。

"妈妈，我从河里爬上来了。"

小朱老师复述着男孩发来的那条消息。她的声音在颤抖。这个夜晚所有在她眼里打过转的泪水此刻终于流下来了，划过她的脸颊，湿漉漉的，像个奇迹。

"然后呢？"

祝力文斜靠在椅子上，吮了一口威士忌。她的眼睑向上掀，放出一道不耐烦的、冷漠的目光——她显然认为这个故事很无趣。

小朱老师抿了抿嘴。她的酒醒了。她突然意识到这个夜晚已经结束了。她第一次感到祝力文是不公正、不真实地存在着的。她看了看手机，亮起的屏幕上显示有好几条未读消息。她又看了看祝力文浑浊的醉眼，说：

"没有然后了。"

她顿了顿，说自己该走了，已经10点了，她还得坐地铁回去。她飞快地收拾东西，对祝力文说，今天由她来买单吧,因为上一次是祝力文请的。祝力文有点疑惑地看着她,发出了一声类似叹息的呢喃,没有阻拦。小朱老师站起身,跟同伴告别,走到门口穿上她的褐色大衣,买单。女服务员机械地扫了一秒她手机上的二维码。比她身上的大衣贵了好几倍,她想,光开那两瓶酒就上千了。但她已经不在乎了。她想赶快回到自己的生活里去。

她推门走出去。时间加速了。她感觉自己只用了一秒钟就走到了衡山路地铁口。守恒的动量把她推了进去。可地铁里的时间又被拉长了。她先是站了一会儿,看到有空座以后便坐了下来,翻看了一会儿手机。她逐条点开婆婆发来的漫长的语音消息,转文字。"爸爸妈妈怎么都还没回来?"中间有一条最短的语音是橙子发来的。然后她又打开拟好的那条朋友圈,"来自世界的夜晚和朋友",取消,不保留编辑。她换乘了一班地铁,离家还有不到半个钟头,11点半以前一定能回到家。这趟地铁可能已经是末班。车厢里挤满了学生,还有几个大人带着三两个因晚睡而尤为兴奋的小孩子。她在车厢中间,扶着塑料把手,好像悬浮在宇宙的中心。

突然有人踢了踢她的鞋跟。她侧转过身,身后几个小孩做错事一样地缩了缩脑袋。是他踢的,一个说。另一个立即涨红了脸。她朝他们温柔地笑了笑,转过身。还有三站。

她很想念橙子,像想念某个和她一模一样的人。

恩托托阿巴巴

一

我真的崩溃了,楼上的小孩子又在来回跑。

咚咚嗒嗒咚咚咚,铛铛铛咚。形状各异的踏步声落在我脑袋上方的不同位置,宣告不同种童真的轻重缓急。三个娃一起,短程赛跑。从这头到那头,反反复复。有一个小孩突然发飙,停下来在同一个位置,皮球一样垂直弹跳。我辨认出是最小的那个,今年三岁零几个月。我第一次上楼理论的时候他还不会跳呢,被一大块印满粉色爱心的珊瑚绒裹在妈妈怀里。现在好了,他生长了。钢筋笑了。我的时间塌陷了。

啊啊啊啊。

我抱着笔记本电脑躲进了卧室的衣柜,每隔 10 分钟出来透透气,抽根烟。我对噪音耐受度极低,实在没法在三个小孩的赛道下面工作。我的办公室最近刚装修完,味道挺重的。我妈每天上午 10 点都会打电话来确保我没去办公室。她说吸八小时重甲醛比一口气吸一百根烟还致癌。我想在家里每天最多也就抽二十根烟,那还是就在家里抵抗噪音吧。我边抽烟边打语音给程柯抱怨,程柯说我应该去楼下的咖啡馆,或者至少戴个耳塞、降噪耳机。我说咖啡馆的噪音不可控,还有更不可控的游弋的人群。至于耳塞和降噪耳机,我都不适应。我就想在家里,赤裸双耳,安静地待着。

"好吧,那你要我再在楼栋群里发消息艾特他们家吗?"

"算了,明天再发吧。"

我挂了电话,把剩下的大半截烟按熄在倒了咖啡水的小碗里。呲。咖啡浅浅地淌在碗底,像一片泛着泥泞的低洼。为了控制焦油和尼古丁摄取,我始终坚持只抽前半截烟。有效物质正在渗入我的血液,然后,戛然而止。在燃烧最剧烈的时刻,所有冲突的沸点,所有噪音骇人的顶点,一个出其不意的瞬间——

就像头顶仨小孩,谁能想到他们奇迹般安静下来的时候是 2022 年封控伊始?我和程柯都难以相信他们居然会在这种时候突然停了。整整三个月,每天从早到晚,三个娃一次都没赛跑过。有几天我们甚至以为他们一家已经被送进方舱了。可我们每天密切关注群聊,也没看到楼栋有人被拉走的消息。后来有一天,我们看到楼上家长在群里向邻居求助,帮忙打印小孩作业。是最大那女孩,已经上小学了,我很熟悉,脚步声最重最刺耳的那个。程柯立即在群里接话,说,我们有打印机,你们发来吧。他一边发消息一边得意地向我解释:一方面,他们这段时间确实不吵,可能有意表示友好,加上本来就是困难时期,我们理应帮助他们,以资鼓励;另一方面,万一以后他们又开始跑跳,我们再找他们说理,对方就会觉得不好意思,毕竟欠了咱们人情。挺有道理。于是他给脚步声刺耳的女孩打印了厚厚一大摞作业,消毒,整齐地堆放在他们家门口的鞋柜上。

解封以后,女孩恢复了活力,又开始和妹妹弟弟赛跑。我和程柯戴上口罩,上楼理论。女孩的爸爸是个高瘦的狂躁男,指着我们破口大骂。程柯一下来劲了,冲上去要揍他。女主人在一旁哭,搂住两个小一点的孩子,狂躁男骂骂咧咧地躲闪回屋。脚步声刺耳的大女儿这时走出来,没被口罩遮住的上半张脸有点扭曲,冷冷盯着我们。

那眼神,又凶又怯,像鬣狗。

二

我从没见过鬣狗。

但我知道吃人的海乙那,狼的亲眷,狼是狗的本家。它们会在长满虫豸的沼泽里四处跳蹿,双眼闪鬼火,撕咬腐尸,咀嚼灵魂。我还知道《狮子王》里的鬣犬土狼。它们是大反派刀疤的爪牙,有着灰土色的皮毛,残酷无情的黄铜眼。所以我对鬣狗的印象极深,尤其是它们的眼睛,会在夜晚放出幽秘的寒光。

可没想到,我很快就见到了真的鬣狗。

其实也不能说是真的鬣狗,是抖音视频里的鬣狗。那个视频很诡异,最开始的画面里有一只小鬣狗在车窗外蹦跳。镜头是从车里向下拍的,所以那只鬣狗的鼻头看起来特别大,占据了整张脸的四分之三,像一只可爱的小灰猪。我以前在商场里看到过真的宠物小猪，除了鼻孔要比它更朝外翻一点，几乎没区别。小鬣狗用前爪吃力地扒着车窗，哼哧哼哧，跳跳跳。旁白说，这是一只向人类求救的鬣狗。过了几秒，故事发生转折。镜头切到后视镜里的大鬣狗。旁白解释，原来小鬣狗别有用心，早在车子旁边埋伏了一群同伙，等着好心的人类下车，围剿。视频的后半节是动物科普，塞满了鬣狗猎杀的凶残画面：鬣狗的咬合力可高达601.8公斤。

我看了好几遍，然后回复发视频给我的人：我看了好几遍，后来后视镜跟一开始画面里的后视镜形状不一样。发视频给我的人沉默了一会儿，回复说，确实不一样。过了一会儿，他又发来信息说，虽然叫鬣狗，但不是犬科动物。我检索了一下词条，说，是的，据说更接近猫科。他回复说，嗯，非洲特产。然后又过了一会儿，可能觉得措辞不当，又补充了一句：土著。

发视频给我的人叫钟至爵，英文绰号duke，是我的高中同学。我和他重新建立联系，是在我被楼上三个娃逼疯的那天。那天我挂了电话，在咖啡里熄灭了半截烟。我想起了楼上的女孩和她可怕的眼神,我看到我在噪音中彻底坍塌的时间。绝望势如山火,我意识到自己必须走出去。于是我立即停下了手头的工作(我当时要针对 ChatGPT 写一个有点个人见解的高级软文,思路已经有了,就是对比人工智能文本创作时用索引关系网络构建的客观世界和人类的感知世界),给这座城市认识的所有人一个个发微信:晚上来我家喝酒。收到微信的人都很惊讶,我能从他们礼貌的文字回复或表情包复杂的动态里看出来。有一个表情用得特别好,一只狗死死搂紧一棵树,面露难色。我以前好像在哪儿看到过,应该是个很老的动图,至少是疫情前的了。我马上把它存了下来,回复发表情包的人:你必须来!那人迟疑了三个半小时,回复我说:好吧。

那晚最后来了三个人,对我来说足够了。我的目的很简单,就想制造点噪音。当然,我没有告诉他们我至少给三十个人发了微信。又有谁能想到我在这鬼地方居然有这么多认识的人。这三个人里面有一个是我的同事,或者说是我的合作上司,叫白辰皓,我们平时都喊他大白。几年前入职的时候,大白可能还对我有意思,但他很快发现,我跟这个行业的很多人一样,脑子不太正常。大白身材瘦小,只穿衬衫,斯文亲和,低调"社牛"。他跟我一样大,早早成了小领导,天天替不成气候的属下瞎操心。我想他能同意这么临时的邀约,多半是担心我又没法按时交稿了,来探探情况。

大白一来就跟新朋友谈笑风生。另外俩人我都至少七八年没见过面了。一个是我在美国读大学的时候喝酒认识的,白富美,微信昵称 fio,跟大白自我介绍说她叫丁哲菲,Fiona。对我来说这是两个陌生的名字,她大学的时候可能不叫这两个名字。她的长相也陌生,但她挺漂亮的,并且习惯性调情。大白报完大名,她莞尔一笑,说,哇,好像一个王子的名字。大白满脸通红。

还有一个就是发狗抱树表情包的,我的高中同学乔良。我对乔良的印象要比对 Fiona 的深刻多了。简单概括,乔良是个努力的人。他高中的时候就自律,在没有学习压力的情况下层层加码,艰苦修行。我们念的是杭州外国语学校,一所有点名气的精英中学,强调外语训练、国际视野和素质教育。高中开学第一天,班主任趾高气扬地在讲台上踱步,用美国总统的语气发表演说：总有一天，你们会走向世界；记住，你们学的从来就不只是语言，**语言**顶多**做**的是**桥梁**！话音未落，全班哄笑。我们班有个女生叫沈语妍，初中时候就喜欢乔良，人尽皆知。巧了，哈哈哈。乔良腼腆地笑了笑，然后认真地把这句话记在了笔记本上。我亲眼看到的，因为当时我就坐在乔良的斜后方。

乔良没怎么变，板寸头，戴副黑框眼镜，上衣不宽松，身材练得还可以。巧了，哈哈哈，他一进门就说，其实我大部分时间都在香港工作，只是正好这半年在上海。我接过他给我带的干红，看了一眼，说，奔富，中年人喝的酒，我们可不喝这个。我领他穿过狭小的门廊，走到客厅，仨小孩赛道正下方。茶几上面摆满了奇形怪状的瓶子。我一个个拿给乔良看，给他介绍，这是我那些年收藏的烈酒，世界各地的，一直在身边，封控那会儿都没拿出来喝，就等着这场重大派对呢。乔良拿起一个圆底实验烧瓶状的酒瓶，认真地阅读贴在玻璃上的外文。

"这是挪威的一种蒸馏酒。它的橡木桶放在集装箱里上船，从奥斯陆出发跨过赤道，途经澳大利亚后返航,第二次穿越赤道。两次穿越赤道,喝起来像工业酒精,不过,加冰以后,判若两酒。"

他自如地翻译起酒瓶后面的标识,看起来相当惊喜。我一把从他手中夺过酒瓶,倒入两个空纸杯。乔良是第一个到的。我俩往杯子里加了圆冰,干了两次穿越过赤道的挪威酒,率先走向世界。

接着,大白和Fiona来了,差不多前后脚。这座城市的人远比我想象中的守时。我让我的客人们先在安静的空气里寒暄了一会儿,然后欢迎各位好友光临寒舍,调侃了一句我家的系统性紊乱,最后宣布,今晚没有准备任何食物,但备有充足的有效物质,以及,音乐!

"嘿Siri,播放托勒密歌单!"

我跳上沙发,指挥连接手机的蓝牙音箱,手舞足蹈。激动人心的时刻到了,我的噪音终于登场了。Jimi Hendrix的蓝调,硅管BC183。法兹效果器炸裂,像一堵巨大的灰墙,阻挡白昼和夜晚的同频共振。Fiona皱眉,大白捂住耳朵。只有乔良像一块石头,平静地看着我,看着眼前黏稠的音色和世界的四壁一起凹陷。我赶紧把赤道蒸馏酒倒进Fiona和大白的纸杯,夸张地抬手,示意他们赶快喝完。他俩互看了一眼,干杯。

三个晶体管持续传递能量,音色灼热。暴躁的音量输出使音箱的后级和喇叭过载了。我得意地看了看天花板,楼上仨小孩被埋进了时间的废墟。大白和Fiona一边忍受噪音,一边继续喝酒,无奈而好奇地打量对方。过了一会儿,他们开始对话,不得不贴靠在一起——实在是太吵了。我又点了根烟,屋内的空气有点浑浊。乔良认真地看着我,我感觉他想跟我交流。

我递给他一根烟,他竖起手掌,不抽。

"你在香港咋样?"我大喊,肺在震动。

"还可以。"他放大口型,语速很慢,画出表意的形状,"结婚了。"他沉默了几秒钟,又补充了一嘴:"所以不抽了。"

我摇头晃脑,对着他笑,确实太吵。

"嘿Siri,降低音量。"

音量降低。一个尖锐的高八度电双音盘旋在空中,像个肥皂泡,在上升的过程中慢慢消失。大白正贴着Fiona的耳朵吐唾沫:"那你还懂法语——啊——"句子里的问号还没从口腔里浮出去,他就意识到自己的声音勃起了。我呵呵大笑,坐到茶几仅剩的一小块空面上,对着乔良,选用合适的音量问:"为啥?"

"备孕啊。"

"喝酒没事?"

"一开始她也反对,但现在不管了,哈哈。"

"哦哦哦哈哈哈哈。"

我们碰杯。现在纸杯里是一种比较常见的金酒,叫绿野仙踪,内有英伦腔和水泥味。歌单又切回了1960年代的狂躁,失真效果器扭曲的侵略性直插顶峰,只是整体强度压低了。

"我们准备买套房子,60几平米。"他继续说,"在香港已经很宽敞了。"

"几室几厅?"

"三房两厅,还有两卫。"

"啊,怎么可能?"

"香港都这样,我找给你看。"

他掏出手机,滑进房产交易 App,迅速翻找到他未来的家。我接过手机,点击 3D 看房模式。我打开门,钻进狭小的门廊——看起来和我的狭小的门廊有一种奇妙的共性——靠墙的餐桌铺了鲜红的桌布，上面放着几个玻璃杯。我的手指轻触屏幕，挪移，转到厅堂另一侧，有一扇窄窗。香港正午的阳光照进客厅，相机里的结构光传感器开始采集客厅的空间形态。几千万个三维点云、经纬度和镜头扫描数据跌撞着奔赴服务器。数据和影像形成交缠的纹络图案，把60平米公寓房的内核投映到三维模型的中心。我兴致勃勃地向里走，进了第一个卫生间。空间拱起来了，好像烤箱里边发酵边膨胀的小面包。浴缸紧贴两面墙，算法在重建宇宙。

"天哪，还有浴缸。"

"是啊，主卧套房里还有一个卫生间呢。"

我试图往外走。触屏似乎出了问题，我只能在隆胀的卫生空间里徘徊。乔良伸过手，手指轻触屏幕，一个难以辨析的手势，有机发光二极管的介质立即发生变化。我从客用卫生间里出来，走进对面的主卧，一张大床几乎占据整个房间。墙角有个拐点，后边是几乎粘在一起的洗手台和马桶。剩下两个次卧的格局差不多，矮床贴窗靠墙。我惊叹不已。

"还是香港牛逼。"

"是啊,房价跌不下去。"

"我买过一本图册,讲九龙城寨的,现在那儿已经拆了。"我突然想起这事,扫了一眼歪斜在沙发一旁的书架,早就忘记把那本图册塞哪儿了。

"哦,我没怎么去过那儿。我老婆喜欢秩序,这是她选的小区。"

"她哪里人?"

"重庆。"

"那她喜欢爬山?"

"还行,疫情几年我们把香港每座山都爬了好几遍。爬吐了。"

我眼前立即出现鲁滨逊漂流记里的画面。鲁滨逊和星期五,一座蛮荒孤岛。乔良是鲁滨逊,乔良老婆是星期五;或者乔良老婆是鲁滨逊,乔良是星期五。其实这没什么区别,主要是那种氛围。鲁滨逊和星期五的关系是驯服,合作。跟婚姻关系一样。可驯服和合作,这不仅是鲁滨逊和星期五"之间"的关系;驯服和合作也定义和他们逐渐"成为一体"的世界,封闭的孤岛。

他们也在和孤岛合作。他们也在驯服现实。他们攀升,沉落。

"你结婚了吗?"乔良见我突然沉默,主动发问。

"结了。"

他吓了一大跳,环顾四周,可能想找一棵能紧紧抱住的树。大白和Fiona还在沙发另一头聊天,没有噪音干扰,俩人的距离就远了。这时,从屋子的正中央(蓝牙音箱的摆放点)传来一阵低沉的、心不在焉的男声,像一阵无法治愈的流感。低弱的音量无意承载噪音时期的眩晕,只有字节在完整地跳动:Oh, but are you experienced? Have you ever been experienced?

"什么时候?"

"三四年前,疫情前。"

"啊,那你比我还早。我们是2021年才领的证。"

"边领证边爬山?"我还沉浸在鲁滨逊的漂流中,想象乔良和老婆在孤岛上四处攀爬。

"哈哈,差不多吧。"

"你领证发朋友圈了吗?"

"发了呀,你好像还点赞了。"

"哦,那可能是习惯性点赞。"

"你结婚发朋友圈了吗?"

"当然没有啦。"

"难怪大家都不知道。"

乔良温和地笑了笑,喝了口酒,显然还没有从我个人世界的微小动荡里回过神。我点点头,跟着音乐节奏,突然想起一个重大问题。

"乔良,你觉得,要先看到才能知道呢,还是要先知道才能看到?"

我看着乔良的眼睛,他也看着我的眼睛。四目对视。我还在往他的空纸杯里倒酒,他倒入口中,给大脑投喂供给,给齿轮上点麦角酸液。

"先知道。"

"为啥?"

"这年头看到的都是假的。"

他的眼里闪烁起一种黯淡的动人的亮光。信号和噪音在纸杯的木质原浆里摇曳,此起彼落。空气略伤感,有种庸俗的戏剧性。

"你和大家还有联系吗?"

"有啊。"

他眼里的亮光增添了几分色彩，还多了某种呼吸的形态，开始讲大家的事。他说他前一阵去了趟杭州，找大家聚餐。不过没来什么人，因为好多阳了，还有的怕阳。他说高中时候演《罗密欧与朱丽叶》舞台剧的男女主角在一起了，已经订婚了；他说飙哥和飙嫂生二胎了，搬去滨江大平层，那里的房价跟房子一起笔直上长；他说董晓一在浙大升副教授了，研究大革命时期的法国史，每天背着手在校园里踱步自语；他说方程和他老婆又变胖了，在中国银行，今年估计要外派到伦敦分行；他说陈心怡离开阿里了，准备再跑去国外念个书，发展自我；他说汪浩辰还在酗酒，继承了家族企业，衣食无忧；他说李茹雨从澳洲回来了，又回到四大，还坚持中学时的爱好，常在朋友圈里发跳舞视频；他说杨婧的留学机构又火起来了，在西湖区开了个新的学校；他说倪柯嫁了个纽约犹太人，疫情三年没回美国，在当地建了个外侨联谊社，还上了新闻；他说秦鹏和他老婆疫情前在里斯本投了房产，疫情期间拿到葡萄牙护照就走了；他说沈语妍转行了，又去清华读了个法律硕士，在北京的律所做到了合伙人,有个在硅谷工作的老公,夫妻的共同目标是各自实现自我价值……

"大家都走向世界了。"他说。

"嗯,我看到了。"我笑着点头。世界真是个万花筒,生活也是。真可爱。

"对了,我最近还见到 duke 了。"乔良突然想起了最后一个人。

"duke?"

"对,duke。他倒是跟你一样,没怎么和大家联系。不过他比你还夸张,是完全没联系。"

"那你怎么联系上的?"

"我周末回嘉兴爸妈那里,在路上碰着了。真是巧,不过嘉兴很小。"

"他在嘉兴?"

"对,最近几年一直在。"

"他在干吗?"

"好像啥都没干,我也不知道,但我加了他微信。"

我正打算接着问 duke 的事(我的好奇心陡然上升,达到了一天的峰值),旁边突然传来一阵尖锐的爆破声——哔哔哔啵！大白不知什么时候站到了多边形的阳台窗前，一手高举装满龙舌兰的靛青色酒瓶，一手悬在半空，不知所措地看着坐在沙发上的我们。他的脚边撒满了碎玻璃，一个灰棕色的金属盒和一叠纸证混躺在玻璃碴里。在砸碎以前，是一个完整的桌面文件盒，造型复古，有厚沉的金属边框和易碎的玻璃罩。程柯以前从欧洲海淘回来的，用来放置重要的家庭文件。

大白醉眼惺忪，愣了一会儿。像只小狗，为了博取公众注意力，故意在不该撒尿的地方乱撒尿，知了错又不知悔改。此时，托勒密歌单播放到我有意留给派对深度交谈时间的古典乐，勋伯格的《升华之夜》。无序无调的弦乐，燃起一抹危险而奢华的深红。Fiona点上今晚第一根烟，长长地吐雾，歪斜着身子，慵懒地躺陷进沙发，像一个纤美的金色问号。我一跃而起，走到大白旁边，弯下腰拾起地上的文件，脚底皮肤神经系统传递一片温柔的破碎的刺痛。几张猩红色封皮，不动产证、结婚证——我用手扫了扫上面残留的玻璃碴，把证件扔到沙发上，Fiona光滑的腿边——手里还剩几张打印纸，都起了些微小的褶皱，像那微澜的白昼——

我走回客厅,把打印纸递给乔良,一面站到屋子的中心,世界的屋脊。蓝牙音箱矗在我的双腿中间,彻底失控的琴弦乐从下向上蔓涌,升华。乔良把纸向右上方举,贴向从靠阳台的书桌上打下来的灯光,眯起眼,阅读理解。打印纸在光影里变得透明、清晰:

离婚登记申请受理回执单。

他看向我,表情模糊。

"嗯,离婚啦。"我朝他那张语义不明的脸点点头,露出得意的笑容,"现在,还是跟我接着说说 duke 的事吧。"

三

1947 年 3 月 25 日,一个蘑菇写信:

"亲爱的蘑菇,很快又临近我在莱牧尔森林里丛生的季节了。很快!我又能温柔地触摸那些繁密的根茎了。我多么渴慕那些藏在山谷铃兰花底下的地衣(也就是植物根茎上的菌藻)呀!我多么渴望成为真正的蘑菇啊!"

几天后,另一个蘑菇回信:

"哦,好的。我渴望的是蘑菇的妊娠。根块的甜味和它似有若无的水红色是一种自然的巧合。啊,我多想看到一个蘑菇孕育的世界!蘑菇怀孕了,孕育的是一个纯粹色彩与形式的世界。"

沙发是皮质的,深棕色,布满了陈旧的褶皱,支撑着 duke 僵硬的四肢。一件起球的黑色套衫罩上他纤瘦的骨骼,只露出几根灰青色的手指,像鸟爪。早春的阳光照进屋,洒进双眼,一截诡异的波纹。他的双眼忽然变得很大,瞳孔乌黑发亮,迟缓地眨了几下,再慢慢恢复原形。

他看起来兴致挺高的。

我又低头看了看 iPad,嚼了嚼蘑菇之间的通信,把平板递还给他。阳光很强,打在我的后脑勺上,小火慢烤。他没有接过去,双手反而向内拘谨地交叉起来,爪子彻底躲进了肥大的衣袖。

怎,怎么样?他慢慢开口问。

挺好的,很有感觉,有文学性。我收回手,把平板放在大腿上,习惯性抖腿。蘑菇怀孕,蘑菇人繁殖,森林繁盛,普天同庆。也不太离奇呀。

全凭记忆写的,嗯嗯嗯唔,不,不过,日期是当时就记在纸上的,然后,应,应该是准确的。他全身一动不动,只有口腔摩擦,发出轻微的声响。停顿了片刻,又说:不过,也也也也有可能是我乱写的。

我点点头,表示认同。这是 duke 给我看的第一个文档。我们正对坐在他祖父母的房子里,一楼,布满灰尘的客厅。我坐的长条沙发靠落地窗,完美负暄。支撑他的那截短沙发侧方采光,也很完美。

duke 开始给我解释他是怎么发现这封通信的。他语速快,结巴,总是重复字句,象声词,语焉不详的云状絮叨。大一那年放暑假,他学身边的美国人跑去欧洲找文化,教养旅行,练练生锈的法语,看看恢宏的西斯廷教堂。结伴同行的大伙去了阿尔卑斯山,他不喜欢爬山,就在瑞士西北角的巴塞尔城待着。他绕小城逛了几天,几十圈,跳进莱茵河游了泳,参观了历史博物馆,去了炼金术士帕拉塞尔苏斯的老巢,上了历史学家布克哈特的坟头。最后,实在没地方去了,晃悠到化学家阿尔伯特·霍夫曼的档案馆,发现了这封蘑菇通信。

然后,你你知道这人吗?他突然停下,跟我互动。

巴塞尔的霍夫曼,当然知道。我点头,挪了挪身子,身后的阳光太强了。我说我那时也去了好几次欧洲找文化,且,在那儿找到了美国文化的源头。你念的芝大,这文化在Chicago那一带没这么强势。对了,你还记得我念的是什么学校吗?

嗯嗯嗯嗯,不记得了。好像在,在西海岸?

加州东部,是个文理学院,克莱蒙特,不出名的。

哦哦哦。

你说的这个霍夫曼以前来我们学校做过讲座,可能是1970年代,讲的就是他提炼的致幻剂,LSD。

惊讶如灯,亮进了duke的眼睛。他好像被我的知识打动了。

七,七十年代来过你们那儿,你你也能知道?

嗯,去校史档案馆的时候看到的。福柯也是那阵子去的加州,也来了我们学校。没演讲,跑去死亡谷吃了点迷幻药。

你试过吗?

迷幻药?没有,懒得试。而且,我们去留学那会儿,这些东西早过时了。

沉默像阵烟雾,蒙上 duke 瘦小的轮廓。阳光刺得他睁不开眼,干脆闭起来。待烟雾散去,他嗓子才清了清,继续讲。

信点燃了他的生命。他不记得另一个蘑菇是谁了。可能是个作家吧。1947 年到 1997 年,两个蘑菇保持着活跃的通信。duke 德语不行,我们高中那会儿他选修的二外是法语。他借助手机翻译,把蘑菇信全翻看了一遍。最后他被档案馆的工作人员赶了出来。因为那天下午,duke 像真菌一样附着在那些信件上。存在是真实的;无须攀爬,他就能站到山顶;无须言语,他就能直视世界:菌类的对白是实际发生在逻各斯之外的经验话语。(我其实不理解这句话的意思。)第二天,他坐飞机回国,把自己关起来,花了好长时间,转录这段蘑菇通信,保存到手机里,随身携带。

嗯,然后你就失联了。我点头。大一暑假,十多年前,差不多是 duke 从地球上消失的时间。

嗯嗯嗯,不不不是。然后,后,后来还发生了一件事。不知什么时候，套在duke身上的那件黑色套头衫袖上渗出了一段细小的黑线头。衣袖里伸出一根指头，飞快地扯住了那根线，缠绕。一种不露锋芒的力量把线头拉向外头，越扯越长，好像在扯一株植物古老的根脉——

这件事发生在同一年夏天，紧接着duke的文化旅行，消化蘑菇通信之后。美国大学的暑假很漫长，常春藤学生习惯把漫长的档期排满：去欧洲、去海边、去实习。发现蘑菇信之后，duke就不去实习了。他延后了回美的时间，放了某家咨询公司鸽子。他爷爷在前一年冬天去世，把房子空出来了。他爸妈的房子在同一个小区，隔了两三排楼，一栋一模一样的三层别墅。连花园的布置都一样，唯一不同的是太阳光照的时刻与角度。他从爸妈家搬出去，搬进了隔壁祖父母家，实践自我封闭。两周以后，他爸嗅到了反常，给他联系了一个市政府的单位实习，要求他走出去。

duke走出去了。

走出去那天很热很潮，他穿了件亚麻白衬衫，灵魂紧缩成一团。他爸的熟人站在新盖的经信局大楼门口殷勤守候。我以前是你父亲的学徒。那人一见他就欢快地歌唱。他想挤出一个不失礼貌的微笑,可脸上的神经凝固了,只有汗液在表皮流淌。他跟着那人走进宽敞体面的大楼。飕飕飕。越往里走,气温降得越快,空调的风速令他窒息。他被带到他的工位,被介绍给屋里的其他人,被安排象征性的活儿。他坐在工位上,打开电脑,放空。父亲电话来了,说,你再去隔壁的经济运营综合处的办公室打个招呼,做个自我介绍。

他起身,走到隔壁。综合处办公室的门关着。不是虚掩,是关着。他站在门口,盯住这扇门表面遍布的仿木纹理。走廊里有点热,门外比门里的气温至少要高七八度。门是棕黄色的。这种颜色能量很高,他可以清晰地辨别出色调里无数的细微差异。熵值增加,他的胸腔起伏震颤。

他在门前站了会儿。可能几分钟,半小时。走廊里不断有人经过。他知道,但他看不到。他的体内没有能量供他抬手敲门,或者按下门把手推门。他只能站在门前。像个句号。终于,门开了。里面的空气很模糊,凉,光线比门外亮一些。一张含混的脸。脸挪开,他走进了房间。正对门的窗口洒进日光,头顶落下白炽灯的死光。房间不算大,四五张桌子,六七个人。所有人抬起头来看他。他停住了脚步。有个声音想从喉咙里钻出去,还没触碰到空气,就被眼前所有重叠的目光光谱拦截了。他站在原地。意识不可遏制地从脚底向下生长,繁殖,在胶合木板里扎根,发芽。无数个小数点在细胞内核分裂,无数个神经元同口异声,大合唱。

duke 失语了。

一整个月,他没跟任何人说话。自我介绍?怎么可能呢。他顺利完结了一整个月的实习,没说话。同事们呢?或许确实没找到跟他说话的机会。只有输入,没有输出。当然,他也没有刻意控制输出。

主,主主要是控制不了。讲到这里,他的身子突然立了起来。阳光的直射点转移到单薄的胸腔,形成一道笔直的斜线。脖颈以上的部分被纳入了阴影。

控制不了输出?你是说拉屎撒尿之类的输出吗?我仰起头看他。

对对对,差不多。头上下点,在舒适的阴影里闭上眼。

所以,意思是,你发现你的感知系统和反馈机能出现了紊乱。我用心理医生的口吻郑重地总结。

对对,也不是,然后,其实,一一直都是乱的。他点点头,又摇摇头。

我仰头继续观察他,琢磨了一会儿,脖子疼,低下头继续琢磨。阳光太强了,我的后脑勺快要烧起来了。

或者说,你发现你的主体,消失了?我热得浑身发烫,晕乎,很勉强地继续吐出我的归纳、判断。

判断没有得到他的回应。但很显然,我后脑勺的灼热获得了一种与他相关的奇特的感知,因为忽然间,duke 的眼皮被一种神秘的力量拨开。他的身体被重新陷进沙发,一只手再次伸进衣袖,另一只手再次用手指绕住衣袖上那根没扯完的线头。顽强的线头终于断了一处,啪叽,这声音只有拔线的他和看他拔线的我能听到。他的目光移挪向落地窗边,米色泛黄的窗帘是一摞摞堆叠的皱纹。

"恩托托阿巴巴。"

咒语从 duke 口中滑落,像一朵反重力脱落的蘑菇。

左右两边的智能窗帘簌簌一震,慢慢地往中间靠拢。

室内的光线暗了下来,我的后脑勺终于获得了拯救。

四

时间是一个错觉。

我在地铁里收到一条 duke 发来的微信,早晨 8 点 41 分:时间是一个错觉。轰隆隆隆,地铁在走,时间也在走。我占了一个长排靠正中的座儿,目的是不用在中途给老人让座。我睡眼惺忪,早起可真难受,回复:你怎么发现的?

发完信,头向后仰,看塑料灰的地铁壳子,闭眼,想象自己正躺在沙滩上。想象不出,戴着口罩有点闷,只好又去看手机。duke 还没回我,这问题估计不好回答。时间是一个错觉,好像很深奥,又好像是句废话。我发现自己有些焦躁,不过这也正常,因为还有十几分钟就要 9 点了。还有六七站才能到南京东路。不管时间是不是错觉,我很可能又要迟到了。我当然不明白程柯为什么非要预约这么早的时间(他可能跟我说过原因,好像是上午还安排了一个会之类的)。但这回,我得配合他。

出地铁,我又看了一眼手机。duke 还没回复。8 点 57 分了,我还得再走两个街口。铁定要迟到了,但其实也没啥,这种预约哪有这么严苛呢？走过第一个街口,城市的热气蒸腾起来,肺叶充盈。我突然想抽烟,摘了口罩,手伸进挎包里翻找,却摸到手机一震,程柯来消息了。我滑开信息提示:你到哪儿了,没忘记时间吧？我边往前走,双手并用地打字:时间是一个错觉。然后,又补发一条:哈哈哈,快到了。

程柯等在斜十字路口,宝蓝色的老楼外头,口罩戴得很严实。他远远看到我,焦急地挥手。我正好刚抽完半截烟,也朝他挥手。"好久不见!"我在离他还有十米的时候就大喊起来。他皱了皱眉,但同时好像也笑了笑,十分矛盾。"快进去吧,已经晚了。"他用尽量平和的语调说。我加快步伐,走到与他并排。他穿得挺讲究的,深蓝的休闲西装。人很清瘦,毛发得到了较为精心的修理,身上气味也不错,淡淡的皂香,应该是出门前早起洗了头和澡。我下意识地看看自己,暗暗比较:也穿了件还算正式的连衣裙,但早上起太晚了,没时间洗漱修饰。程柯以前说过,要保持清新的形象,出门前洗澡洗头比梳妆打扮更关键。程柯在德国留的学,留存了几种很难动摇的地域文化特质:守时,整洁,审慎。相比于北美留学生,留学欧陆的人更注意日常生活中的自我呈现,很少套个帽衫就邋遢地出门。更何况,今天的安排怎么说也算个小仪式嘞。

办事大厅里已经聚集了不少人,一对一对的。虽然预约了,也过了时间,但还是得现场取号。身穿黑蓝制服的保安半倚地站在取号机旁协助,姿势虽慵懒,口罩上方的半截表情却很亢奋。他先提醒我要戴好口罩。我从口袋里把揉成一团的口罩拿出来,重新戴上。他用上海话飞快地问我们办什么业务,结婚离婚,还是收养?离婚。申请还是登记?登记,预约过,9点的。材料都准备好了伐?都好了。程柯从包里掏出了硬挺的透明文件袋,晃了晃。喏,拿这个等号。他递给程柯一张正方形的小纸片,从口罩棉纤维里倾吐出一丝类似叹息的笑意。

程柯坐下,我坐在他身旁。椅体是金属的,凉。我穿了黑丝袜,坐下后,膝关节上下的大小腿肚离开了裙沿的包裹,直接贴触椅座,好像变成了一种裸露的存在物。程柯把文件夹放在大腿上,安静地等。我环顾四周,转了一圈,视线还是落回跟取号机贴在一起的保安身上。

"我从来分不清警察和保安的制服。"

程柯抬起头,看了一眼保安,说:"是差不多,我也分不清。"

理性是一件用来制服他人的制服。一个句子突然在我的脑中闪过。我咂咂嘴,忍住了分享的欲望。场合不太合适。程柯从兜里拿出手机看。我也从包里翻找出手机来看。duke还没回复。理性是一件用来制服他人的制服。我快速地打下这个快要被时间和错觉吞没的句子,发给了duke。

"楼上那家人还吵吗?"程柯开口问了。

"吵死了。"我答,"那次真该把他们打一顿。"

"哈哈,还好那男的躲起来了,不然我得被拘留。"

"我还是想不明白,为啥偏偏去年关起来那会儿他们那么安静。"

"沉默是有效的顺从啊。"

我惊异地扭过头看程柯。他平时不怎么讲这么武断的话,什么什么是什么一类的胡话,有定义属性的绝对格。明明是我喜欢用的句式。总带点玩弄意味的隐喻修辞,故弄玄虚,如:时间是一个错觉;理性是一件用来制服他人的制服;一个蘑菇是两个蘑菇,一个是蘑菇,一个是蘑菇的隐喻。

"那尽快安排卖房吧,以后就不用找他们理论了。"程柯沉默了十几秒,接着说。

"嗯,好啊。"

我们又等了一会儿,人真多啊。单从序号窗口排列的数字来看,结婚还是比离婚多。不过,所有人都坐在等候区的时候,其实很难辨析每一对同伙这天的计划。结盟还是分离,是个重大问题。比如坐在我们前面的俩人,身穿一红一绿,体态形貌神色毫不相称,甚至有些互斥,坐在一块儿就像一对矛盾。一叫号,这组矛盾起身,才知道他们是选择了合作,合法。

"请1507号到3号窗口。"

我一跃而起，一股令人振奋的磁吸力把我和程柯拉到了3号窗口。小窗后头是个头发短且焦黄的年轻人，女性，脸藏在厚重的镜片和天蓝色的口罩后面。程柯把整理好的纸质材料取出来，递送进玻璃窗缝。嗖嗖，让人想起阴雨天从门缝里漏进屋的风声，奇妙的杂音融合。我想起我这里还有一张回执单，几本证件，于是也从包里翻找着掏出了那张沾过玻璃碴的皱巴巴的白纸和剩余证件。嗖嗖嗖嗖。

"冷静期到了吧？"尖锐的女声从口罩和玻璃中间的扩音口里流放出来，不好听。

"你知道在美国大多数州，结婚才需要冷静期吗？"我忍不住转向程柯，分享我最近获得的小知识。是那次派对后来Fiona说的，她在纽约结过一次，她说程序上来看，除了拉斯维加斯这种个别的奇葩地方，在美国协议离婚要比登记结婚容易得多。

程柯瞥了瞥眼，示意我把注意力转移到正事上。我转过头，窗口里的眼珠在镜片后动了动，侧翻了个白眼。

"是，第三十五天了。"程柯答。

恩托托阿巴巴

"想好了?"那人没抬头,继续发声。

"嗯,想好了。"程柯答。

我没说话。过了几秒,那人抬了头,不耐烦地看我,意思是我也得表态。嗯,应该是例行流程。

"想好了想好了想好了。"我赶忙说。

那人摇摇头,叹了口气,收拢材料,在键盘上敲了几下,忙活。然后让我们确认协议书上的关键信息。无子女。房产一处,归女方所有。车位一个,汽车一辆,归男方所有。共同贷款债务由男方承担。存款归各自所有。

"没问题。"程柯说,然后签名。

"没问题。"我说,然后签名。

嗖嗖。我们完成了任务,继续等候玻璃窗后面的操作。

"我过两天就联系中介,那个谁……"我在无靠背的圆形座椅上转动身子,扭来扭去。

"小王。"程柯接上。

"对对对,有消息了就跟你讲。"

"不着急,你想多等等也没事。"

"行,反正你不急着用卖房的钱吧?"

"不急。"

玻璃窗后面传来一声清咳。那人的眼睛睁大了,滚圆。"先生,提醒一下,协议书上写的是房产归一人所有,如果你们要平分房产,这个协议不好这么写的。"她从我们的交谈中捕捉到了反常的信号。

"咯咯咯咯咯咯。"我在口罩后面憋了口长气,吐吐舌头,说,"要你管咯。"

她的眼睛瞪得更大了,里面除了不可思议,还注满了愤怒,甚至有想要动用个人仅有的全部卑微的权力惩治对方的冲动。程柯连忙说没事没事,解释说我们没有要平分房产,房产是确定归女方所有的,协议是有效的,我们都想好了,等等。我一脸无辜地看着玻璃窗后的脸,在旋转椅上自转一圈,回到原地,还是那半张发青的脸。她依旧火冒三丈,但理性终究获得了压倒性胜利,逐渐平静下来,含糊地,好像是骂骂咧咧地,嘟囔不快。这一茬的好处是,接下来的程序似乎加速了,她的效率被无处肆虐的怒火点燃了。没过多久,我们顺利拿到了证件,封皮是水红色的,似有若无,像一个

恩托托阿巴巴　　119

巧合。

我们走出大厅,走回到真实的空气里。空气很清新。手机震动,我终于收到了 duke 的回复(——时间是一个错觉。——你怎么发现的?……理性是一件用来制服他人的制服。):人类情感是一种无效的能量。我看了眼手机上的时间,10 点多了,总共用了不到一个小时,还可以。

"时间来得及吗,你还能赶上你的会吧?"我扯下口罩,大口呼吸,看向程柯。

"来得及,而且我没有会啊。"

"那你预约这么早的时间干吗?"

他的目光放远了,渺茫,不自如地闪,如日空里的疏星。他手里不知什么时候多了一瓶水,拧开,摘了口罩,喝一口,润润。

"这样今天还能做点别的。发生点别的。"他慢慢地说,"以后记起来,就不只是我们分开的日子啊。"

我点点头,还挺感动的。

"没关系啊,就是个日子啊。"我拍拍他的肩,"后面还有好多呢。"

五

乔良老婆打电话来的时候,我正顺着蜿蜒的路打最后一个转盘,下申嘉湖高速。

从上海出发去嘉兴 duke 家大概一小时,很近的。上海被嘉兴管辖过(南宋有个嘉兴府),嘉兴也被旁边的湖州收管过,沿革一下就能拉出一条申嘉湖的高速名。疆界和名字一再变迁,但这一带的地壳运动微乎其微,几百几千年都没有发生过特别戏剧性的地貌变化。在这一带经常开高速或者坐高铁的人通常能感知到大致的地形:像个漏斗,从西南向东北倾斜。整体地势极平坦,平均海拔保持个位数,四舍五入约等于 0。只有湖州那端布了些起伏的纹路,天目山余脉的山地丘陵。到嘉兴至上海的一路只能看到低矮的小山坡,灰绿色的平原,青冷调的河谷。

申嘉湖高速我挺熟的。其实我开这条路也没太久,熟悉是因为沿途风景跟中学时候每周坐车去杭州上学的路大同小异。两条高速,圈画的地理大部分重

恩托托阿巴巴

合,极其相似,漏斗掉了个头,因为杭州那端山多,地势高一些。大部分路程还是在杭嘉湖平原纵横。一路河港密布,少山,非常江南。

这一阵我开车去嘉兴找过 duke 几次。一是因为我感觉他有封闭了十多年的话需要输出——更确切的说法应该是,十多年无谓的思考和言语正在他体内化脓,亟须从他的身体里走出来——二是因为,duke 家正好在我从上海回湖州老家的路上,申嘉湖中间的嘉,我每次回家都顺路。我和程柯离婚以后,我妈当然崩溃了。我得经常回去安抚她的情绪。程柯也跟我一起开回去过一次。(车归程柯所有,但他平时基本不用,继续放在我这,准备等卖了房子和车位以后再说。)他对我妈说,妈,什么都没有变,不会真的变的。我妈没法理解,但我去了几次以后,我觉得她已经在慢慢地接受了。

乔良老婆用的电话号码是嘉兴的,一个陌生的号。车载音响连着手机蓝牙,正在放的是提托·普恩特的拉丁曼波,*Ti Mon Bo*,鼓点轻快,放驰。电话铃忽然掐断了鼓点,我正好开到收费口减速停车,让铃声继续响一会儿,因为要先拿手机扫码付过路费。扫完以后,道闸上抬,我踩油门,接上电话。

乔良老婆的声音偏高,重,紧凑,有鼓点的急促和琴弦的张力。乔良爬山摔了,送去了最近的医院抢救,要动手术,很危险,最好送去上海的大医院。她和乔良爸妈联系了华山医院神经外科,刚安排120转运。她问我对这个医院熟不熟悉,有没有认识的人,能不能帮忙问问,联系到好一点的医生做这个手术。打点多少都没问题的,她说。他们家人也在到处联系,我的号码是她在乔良的日程本上看到的。是那次派对最后,乔良翻看他的日程本时——乔良中学时代的纸笔记录习惯一直延续至今——我拿笔写到他本子上的。我对他说,如果要找我,还是打电话吧,我这电话是这辈子第一个号码,从中学那会儿到现在都没变过,湖州的号码。他说他也没变过,回来的时候还是用小时候的嘉兴号,只是在香港用香港的号码,但嘉兴的号码一直都还能联系上。我笑,然后在我的号码边加上了我的名字,还标记:杭外老同学,现居上海。

我说好的别急,我马上问问,你们先转运,华山医院的神经外科确实很好的。她在电话那头谢我,声音很焦急,但不带丝毫哭腔。她应该是生活的强者。我又问她现在乔良在哪家医院,要不把片子和初诊病历先发我,我问到了一起给转过去。她说现在在嘉兴下面海宁的县级医院,他俩早上爬高阳山的时候乔良刚摔的;那是嘉兴境内海拔最高的一座山,其实很低缓,不知怎么回事他一脚踩空了,左侧前额颅着地,昏迷。我说那我加你微信吧,她说好的,就是这个手机号。我挂了电话,在路边停车,加上了乔良老婆,然后打语音给程柯。

程柯马上接了。我复述一遍,让他帮忙问问人。他说他们公司跟华山医院有合作,应该能联系上人,先问问。乔良老婆发来了情况简讯,我转给程柯。程柯回复:收到。加一个"没问题"的手势表情,明亮的黄。我随手发了个"谢谢"的表情包,坐在车里愣了会儿,看看窗外嘉兴边郊荒芜的街景,灰尘,打语音给 duke。

duke 没接。我看眼导航,想着反正离他家还有十几分钟路程,就先去一趟,告诉他这个事。去 duke 家是我提前预约过的。这十年间只有他住在隔壁的妈妈或者偶尔从国外回来的爸爸去过他家,也要提前几天预约。他基本不出门,难得出去的几次里,最近一次居然在马路上碰上了乔良。乔良在马路上加了 duke 微信,然后在派对上把微信推给我,我才跟 duke 重新建立了联系。嗯,桥梁。桥梁既孤独又美好,桥梁不应轻易坍塌。

我开到 duke 家小区的别墅群,跟门卫说我找 11 栋的钟至爵。他看了我一眼,机械地开杆。我找到他家的地下车位,停车。推开直通地下室的小门,没锁。走进去,沿着扶手上楼。扶手上的积灰又多了。一楼客厅的光线很昏暗,米黄色的窗帘紧闭。有种黏稠的怪东西漫散在空气里,似乎在腐蚀四壁。四壁薄如蛋壳,这屋里好像马上有什么东西要破壳而出。

我往落地窗的方向挪了两步。duke 不在客厅里。此前我们的谈话总是发生在窗边,那两截棕色的皮沙发上,同样的姿势侧着对坐。上一次来的时候,他依旧坐在老位置,语速快而含混地讲他多年封闭冥想得出的各种宇宙经验。说话的时候,如果太阳太大,他会说,恩托托阿巴巴,然后窗帘自动闭合。如果光线不足,他会说,恩托托阿巴巴,然后窗帘自动打开。如果光线太暗但他并不想念阳光,他会说,恩托托阿巴巴,吊顶灯就亮了。如果空调制热不够,他还是说,恩托托阿巴巴,然后暖风呼啸,噜噜噜。

对此我并不以为然。无非是智能声控技术,把"嘿Siri"的指令语改成了"恩托托阿巴巴",召唤词,不是咒语不是巫术不是魔法。不过,我很快发现,他的每一道指令都没有具体的任务。他没有说,恩托托阿巴巴,打开窗帘,恩托托阿巴巴,关上窗帘,恩托托阿巴巴,打开吊灯,恩托托阿巴巴,空调制热。他每次说的都只是,恩托托阿巴巴。他跟我说过这栋房子里的家居智能系统都是这十年间他一件件自己装的。从网上买的感应器,改装,走线,连接,编程,再连接。我没有追问他是怎么做到用同一个指令语操控不同指令的。我自己的解释是他把指令语的声调设置成了变量。发布不同指令的时候,同一句"恩托托阿巴巴"之间会有微小的音调、音量甚至音色变化。差异生产意义。语言的指涉能量完整地积蓄在发声的母体。

我对声音挺敏感的,但我暂时还没法辨别差异。

duke 就在这个屋子里。我没看到,但我知道。我思考着要不要上楼去看看。我去过二楼和三楼。第一次拜访的时候，duke就带我参观过这栋房子。二楼有两个房间，一个露台。那两个房间各放了一张床，积灰，他基本不进去。露台朝北，走出去能看到对面的别墅，一户疑神疑鬼的人家。他们总是细心地观察对面房子发生的变化。有一年，duke准备在露台上搭一个铝制的智能伸缩棚，差不多能把露台封起来。还没装上传感器，对面邻居就找物业举报了。所以duke也不去露台。三楼面积小一些，有两个房间，一个是duke的卧室，一个是杂物间。卧室里只有一张大床，水暖床垫。由无刷直流磁力水泵驱动，通过磁体转子磁场内部的电子转换发能，转速高，发热噪音极低，恒温舒适。duke发给过我一个淘宝链接，价格也不贵。duke是网购专家。如果需要外界的东西，就想办法让它们进来。他自己不出去。他说他再也不想走出去了。保持恒温效果和舒适的环境是他十年来对这栋隔离房唯一的要求。

正当我犹豫着要不要上楼的时候，三个重低音穿过黏稠的空气，咚噔噔，垂直下落。是脚步。我等着那声音慢慢靠近。重且躁,不是 duke 的脚步声,但又有一种神秘的结构性的相似。一个穿着西装的男人从旋转楼梯上走下来。我仰起头看他,他俯视我。他的脸挺长,红棕的皮肤,有着深刻而严厉的皱纹,像一纸陈旧的契约。他一步步走下楼梯,走到我的面前,平视。他跟我差不多高。

"你是 duke 的爸爸,吧。"我先开口。

"是的,你是他那个同学。"他的目光不躲不闪,声音也一样。

"嗯,我今天跟他约了。他还好吗?"

"还好,他今天失控了,只能躺着。"他面无表情地说,然后绕过我,走向朝北的厨餐厅,"你坐吧,喝点什么?"

我摇摇手说,不用。我还没在这屋子里摄取过水和食物。之前来的时候 duke 从不问我渴不渴。当然他自己也不吃不喝,自然不关心我的饮和渴。

"喝咖啡吧?"他没理会我的手势,拆了一袋豆子,香气扑鼻,"刚从埃塞俄比亚带回来的。"

我知道我的眼神和身体不自觉的动荡正在透露我

的需求。他把豆子倒进餐桌柜上的一台脏分分的小研磨机。噪音极响,而且很怪异,吱吱吱吱嚓嚓嚓。一面烧水,嚯嚯呼呼。水可能是刚烧过的,因为很快沸腾了。他把研磨好的粉末倒进桌上唯一的一只玻璃杯,直接倒热水,递给我。我捧起来,水面上还漂浮着黏稠的黑粒渣。

"香。"我评价。

他点头,身子倚靠在橱柜侧边,示意我坐下。他的体型很小,清瘦,跟 duke 非常一致,像鸟。我拉开餐椅,入座,呷呷咖啡。满嘴粉末,好喝的。

"您刚去了非洲?"为了感谢他的热情招待,我改用了尊称。

"对,把亚的斯亚贝巴的厂卖了。"他字正腔圆,毫不含糊,无江浙口音,跟 duke 完全不同。

"为啥?"我脱口而出,我向来没法控制好奇心。

"又打仗了,一直亏钱。"他说,"你知道亚的斯亚贝巴?"

"嗯,Addis Ababa,埃塞首都,鲜花之城。"我点头,"我们高中时候喜欢搞模联。有一年我是埃塞代表,查了很多资料,印象深的。"我一直搞不懂模联:模拟联合国是我们中学时代流行的一种课外活动。有精英标签的学校都有这社团,竟然把开会视为一种娱乐性的自我提升。不过可能那时候,世界确实是我们的。

他开始跟我讲他在世界各地开过的厂。他们家做的是胶合板生意,有几十年了,需要庞大的市场和廉价的劳动。埃塞俄比亚的厂是十多年前开的,那时候就有局部冲突,但整体和平,不影响中国人开厂。最近两年不行,北方的提格雷州一直要求地方选举,跟邻国厄立特里亚的历史冲突又没解决。以前有个强权总理,后来下台了,冲突就爆发了。他们的厂在首都,亚的斯亚贝巴,没特别危险,但人心惶惶。所以2021年他又去西伯利亚开了个工厂,想把重心慢慢转移到世界的另一个角落。还没开稳,俄乌冲突爆发了。

"没想到也是个死角。"他轻描淡写地说。

"真不巧。"我评论,眼前出现了这个瘦小的中国男人在冰天雪地的胶合板厂外,获知普京发表讲话时的模样。

"我儿子第一年也跟我去了亚的斯亚贝巴。"他突然又说,"他就是从那时候开始脑子不对头的。"

我继续听他讲故事。儿子那年休学。他知道美国大学生有 gap year 很普遍,没多想,便带儿子一起去了非洲,换换环境。东非地形复杂有趣,裂谷高原,海拔高,两千多米,阳光热烈,到处是繁茂的植被和顽强的生命。儿子能顺畅自如地用外语同当地人交流,在厂里充当翻译,开一辆皮卡到处跑,采样,去各种机关部门送文件。他外语天赋真高,可能跟你们中学的训练有关,甚至学会了当地的阿姆哈拉语和奥罗莫语。他还交了个当地的好朋友,工厂聘来的年轻伙计,叶库诺。他俩除了工作时间合作,还经常一起进食,讨论女人,嚼恰特草——

"你知道这种东西——"

"嗯,Khat,东非罂粟,很普遍的茶草,主要用来提神,不致幻。"duke 在微信里跟我提过,然后我又上网查了。duke 经常跟我提一些非洲的事物,但他从没跟我说他去过。他给我发过鬣狗的抖音视频,他还跟我说过东非女人长得很好看,像黑皮肤的中东人。

"你知道的还真不少。"他可能站太久了,终于拉起一张餐椅,坐在了我对面,"总之,那是我儿子最开朗的时候,我从没见他话那么多过。"

"嗯,我可以想象。"我点头。duke 高中时候就沉默寡言,羞怯。保护他的钟形罩是他出众的成绩和智力。更何况在我们学校,独异本身就是一种迷人的精英气质。

可后来发生了一件事。叶库诺找到了女友,约 duke 一起去城郊的山顶看日出。duke 不喜欢爬山,自己开皮卡上去跟他们汇合。那天是公历九月十一日,埃塞俄比亚日历的元月一日,跨年。时间是公时的早上 6 点,埃塞俄比亚计时的早上 0 点,太阳每天从恩托托山顶升起,照亮亚的斯亚贝巴的时刻。自然与城市的起点。duke 迎着晦弱的晨光开上山。两旁是高大的尤加利树,树林里忽然传来了生物的嘶吼、尖叫。他立即转弯开进幽暗的密林,远远地看到叶库诺和女友被一群鬣狗追咬。鬣狗的眼像鬼火,凶,怯,狠。他踩下油门往前开,车熄火了。几只鬣狗包围了他的皮卡,兜兜转转。他从后视镜里能看到生命的贪婪与残暴,物种的生与灭,亘古的危与苦。他坐在车里,打电话求救。车窗外的叶库诺像个勇士,抗争,用高贵的身躯保护他的爱人。

救援及时到了。叶库诺只有轻伤。女友也活下来了,但右腿被咬断了,脸上也留下了疤痕。当地医院手术没做好,她将一瘸一拐地度过余生。duke 坐在皮卡车里,坐在那顶始终罩在他身体和灵魂外面的玻璃罩里。他的保护伞,他的蘑菇,四壁和蛋壳。duke 没有下车。他始终没有走出来。太阳从恩托托山顶升起来了。

朝霞那么美,像大爆炸的余晖。

六

周六下午,小王带一对刚领证的夫妻来看房。

我从市中心出发回家,一路堵。上午去了一趟华山医院,乔良已经能开口说话了。上周的手术很成功,但也挺危险的。乔良当时是摔到了颞顶,脑膜中动脉破裂出血,硬脑膜剥离,形成了足以致命的血肿块。程柯辗转联系到神经外科的主任,主任说这个情况需要开颅瓣,减压,清除积血,风险极高。脑组织水肿如果下不去,脑细胞就没法存活,最后只留下管呼吸的脑干,感知和意识都没了,就是植物人,或者手术没结束人就走掉了。乔良老婆恳求主任救救她丈夫,请求他来做手术。主任说他年纪大了,找了他最信任的学生主刀,一个精干敬业的女医生。这医生沉默寡言,手术做了十几个小时,白昼到黑夜,最后出来的时候她一句话都没说,一个人径直去了休息室。乔良家属已经绝望了,但没想到,手术很成功。乔良老婆说要宴请医生、程柯和我。她备了卡和茅台,十几条中华。程柯说没事啊,以后再说吧,慢慢来。

到家的时候,小王已经带着访客等在门口了。小王脸上堆满笑容,殷勤地称呼我为老师,一面介绍,这小区挺高端的,里面住的都是知识分子和社会精英。那对夫妻看上去很和谐,男的戴了口罩,女的没戴,长相斯文。我打开门,穿过狭小的门廊,带他们参观。保洁刚来过,屋子看起来干净又敞亮。

"客厅很大啊。"女的有点惊讶。

"对的,秦老师。这照片拍不出来的,3D看房也没法还原。这个小区是香港人开发的,讲究风水,南北通透。"小王连忙接上话。

"是挺气派,看客厅不像只有90平米。"男的也附和着夸赞。

他们参观了主次卧、卫生间,小王给他们介绍说开发商做了精装,自带地暖和中央空调,房子只用了三年多,几乎全新的。他们又跑到阳台上看看采光和景观。女的说这个阳台蛮好的,落地窗,风景虽然一般,但有种宽阔的感觉。男的说是的,像个出口。

夫妻俩非常满意。他们刚落户,女的在旁边的学校当老师,男的在附近高新区的科技公司。小王说现在正是二手房低谷,买房特别合算。他们说希望我能再降点价,小王说车位已经算进去了,600万真的很便宜,他刚卖掉的几户低楼层,不带车位,还卖了620多万呢。他们看上去很心动,看样子都准备立即签约了。这时,客厅中央的房顶上传来一阵突如其来的重音——咚咚咚咚咚嗒!

"哎呀,这房子隔音这么差?"

惊异注满了夫妻俩的眼睛。小王一个劲地解释,说这是意外,楼上可能正在撬地板,等等。最后他们决定再考虑考虑。小王有点失望,但还是热情地给他们开门,带他们走出去,无微不至。

我关上门,坐到客厅的书桌前,点了根烟。咚咚咚嗒嗒。我给程柯打语音,他没接,回复了个信息给我,说他在开会。我发消息说,房子可能又没卖出去。过了一会儿,程柯回复:没关系啊,又不着急,慢慢来呗。我再发一条:嗯,慢慢来。呼,我能听到消息发送出去的声音,很轻,很慢。

我决定相信时间。

人工湖

一

　　这事发生的时候,寻泽正站在林琼家客厅朝湖那面巨大而纯粹的落地窗前。

　　她向来喜欢落地窗,喜欢光线充足的暴露,宽阔敞亮的体面。但她从一开始就不喜欢林琼家的这面落地窗。外窗沿实在太窄了,玻璃几乎是在贴着微水泥墙走线;三面厚玻璃过于精致地黏合在一起,细微的缝隙里都闪着斑斓的光点,好像是在炫耀某种昂贵媚俗的工艺;可以打开的那扇通风窗在最右边,这一小片窗沿又太宽了,突兀。她第一次陪林琼参观精装房的时候就简短地评价过一句,这窗感觉是商场用来陈列展览的橱窗,一点儿不像公寓房的窗子。林琼说那太好了啊,我就想把我的生活展示给外面的天空和湖泊呢。嗯,林琼这人看起来和说起话来其实挺文艺的——毕竟她俩大学时候都辅修了西方艺术史——就是有点俗。林琼的俗气主要在于她那些故作文艺的行为和故作诗意的话语里爬满了庸常无聊的逻辑。比如这句"天空和湖泊",当然是在说,湖景房。林琼家窗外是上海最新挖凿的一片人工湖。林琼根本不理解艺术,更不理解纯粹。林琼生活里最纯粹的东西就是她客厅里这面落地窗了。宽阔,纯粹。但还是免不了逼仄,庸俗。

这是一个夏末的周日午后。老同学们正坐在林琼的客厅里闲谈。有几个精力旺盛的挥舞着 Xbox 操控仪,对着巨幅荧屏上的动画人乱扭狂舞。林琼七岁的女儿朵朵突然从自己的房间里跑出来,冲到妈妈怀里,尖着嗓子叫,我也要我也要玩跳舞机游戏嘛!女主人温柔慈爱地笑,抚摸着女儿摇晃的蘑菇头,像是在摸一只过于顽皮的小花狗。要知道,有多少人养孩子跟养宠物的方式是一样的;林琼很久以前确实有一只很小的狗,可能是只小博美,后来怀上朵朵就送人了。朵朵,你得让客人先玩,你马上就是一个小学生了,要懂礼貌呢。林琼边说边爬梳朵朵柔顺的毛发,然后又对大伙儿说,你们别理她啊,她就是人来疯,封闭那会儿天天用这个打网球、跳舞运动,早就玩厌掉了。

我家儿子也是,还硬拉我陪咧,那阵子关家里一点儿没胖最后还瘦了好几斤。有个她已经不太记得名字的男同学马上接上话掰扯起来。然后大家就开始讲封闭那会儿的事。住徐汇的叶涵说她的邻居老太太每天在窗前拽根麻绳,把喷满消毒液的竹篮从窗口一点点放下楼,装了菜再一点点拉上来,最后还是被感染了。住浦东的胡晨讲他楼下有个男的很喜欢做核酸,按楼栋检测的时候他就一栋栋跟着转,混在人群里。小区一共七十几栋楼,他一天最多的时候做了不下五十次核酸,最后被居委发现通报了也不肯悔改。大人们越讲越兴奋,一个个神采飞扬,欢欣鼓舞。朵朵却越听越无聊,气鼓鼓地用手戳她妈妈的肚子,悄声抗议。林琼还是微笑着摸了摸朵朵的脑袋,轻声说,朵朵先回房间自己看会儿动画片好不好?朵朵眨了眨眼,权衡了下继续撒娇和看动画片的利弊,点点头。正好保姆端了盆切好的瓜果过来。林琼吩咐了一声说,阿姨,你带朵朵回房间看半小时英文动画片吧。保姆有张圆盘大

人工湖 141

脸,很腼腆,极不自然地在众人面前表演一种符合现代保姆气质的殷勤;她年纪显然很轻,还没女主人大就被叫成了阿姨。朵朵一听,知道自己这下失策了,最后也没法看想看的动画,立马耷拉下脸,不情愿地跟大家说了声拜拜,无精打采地跟着保姆回房间。朵朵的背影倒是蛮可爱的,一跳一跳地小步走,粉色蓬蓬裙跟着步伐摇摆,像一团蓬松的大尾巴。保姆的背影瘦小而滑稽,走路往一边倾斜。

寻泽一言不发,平静地看着朵朵和小保姆的背影消失在里厅的拐角。

这时候,林琼又开始讲小保姆跟他们一起封在家里的事。还好有个跟主厅完全隔绝的保姆套房啊,林琼指了指玄关北侧的门说。那扇门后面是个完整的后勤屋:厨房、洗衣间、保姆单卧和客用卫生间。大家第一次参观林琼房子的时候已经赞叹过这绝妙的设计了。林琼,你们家这么大一宅,只生一娃也太浪费了吧。你看我们家都快生老三了,还是只能窝在90平米的破房子里哎。李双接上话,边说边指了指旁边挨着他的大肚皮老婆。他老婆刚接连塞了两块甜瓜到嘴里,发现老公居然如此不合时宜地把众人的注意力全引到了自己身上,只好埋怨地瞥了一眼李双,讪笑吃瓜。林琼笑了笑说,我这儿这么偏,带娃都不方便,哪儿能跟你们住市中心比呢。胡晨突然插话进来说,不过啊,咱们这些住郊区的还真别妄自菲薄,你看前滩那房价一起来,我们浦东那么偏的位置都快10万了。林琼就你这地段这湖景,单价可能早就不比李双那儿便宜了。林琼看到李双老婆吞咽瓜果的速度骤然减缓,忙说,不可能不可能,我这是乡下,周围就一个稍微好点的小学学区,朵朵初中还不知道怎么办嘞。

应该就是在这时,寻泽终于默默地从沙发上站了起来,起身走向那面自己从来不喜欢的落地窗。她身后的讨论还在继续。林琼清醇柔和的女中音绵绵不绝,演唱着生活的欣欣向荣。事实上,整个下午的闲谈始终欢快轻松。可是,大概除了朵朵,所有人都在某个猝不及防的沉默的空隙,感受到过某种难以名状的焦虑。可能是夏日持续的燥热终于挤进了精致的窗缝,钻进了清凉得甜腻的空调房。也可能是某种足以摧毁所有人生活的强大的力量,正在像乌云一样慢慢占领

人工湖　143

落地窗外的晴空。她这么想着,终于走到落地窗前。

窗外一片荒茫的灰蓝。坐在沙发上向外看的时候,灰蓝的大部分是天空。但当她站到窗前,窗外的风景就出现了清晰的分层。天空与湖面之间有一道金绿色的分割线,勾勒出远方人工湖岸的边界。人工湖对天空的模仿十分忠诚,灰蓝的色调与天空几乎完全一致,只不过近处的湖面上多了一道粗长的黑影。是阳光把这栋楼的影子拉到水面上的。她往远处看,前面还有五栋高层住宅,每栋都有三十来层。那几栋楼也沿着弧形的水岸,直起了粗壮硬挺的阴影,在湖面上放肆地延展。是的。放肆,狂妄,大胆地显露着某种荒谬的攻击性。

她不由自主地皱了皱眉,意识到自己是被眼前的风景冒犯到了。可她还没来得及分析自己为什么会产生这种被冒犯的知觉,就被一阵突如其来的晕眩震住了。窗沿实在太窄,她不知道自己能扶在哪里。她只能稍微移动了一下脚步,勉强稳住了自己的身体。她感到耳郭一阵轰鸣,身后的聊天声突然间变得那样清晰——林琼,那你们住这儿会感觉特潮湿吗?我听人家说,湖景房的问题就是太潮,中看不中用。她听到李双又在无耻地发问,接着又听到林琼继续在她优越迷人的微笑里自我沉醉般地回答,肯定会呀,只能靠中央空调抽湿,冬天开地暖了呀——不仅是声音,她的整个感知能力好像都在一瞬间得到了提升,因为窗外的风景更加色泽鲜明,楼栋投射在湖面上的阴影也显得更深邃,危险。她怔怔地看着窗外,湖面细小的波纹堆砌移动,构筑起一阵阵风的形状。

"寻泽,你没事吧?"

她立即转过身,灰色的棉质裙摆在空中旋转了半圈。林琼终于注意到了她的反常。她感觉得到此时所有人轻佻短促的目光。她不敢回应那些目光,她害怕会看到某个没能被身躯裹严实的、已经被摧毁的灵魂。她想着这时该说些什么,也许说一个笑话?她正想着,只见朵朵粉色的身影从里厅拐角蹿了出来,后面跟着小步快走的保姆。朵朵把平板电脑举在胸前,像一只叼着飞盘的可爱小狗,激动地冲到她妈妈前面尖叫:妈妈妈妈!我被学校合唱团录取啦!大伙儿的注意力这下立即回到了朵朵身上。林琼在这天第一次表现出了真实的激动的情绪,绽开了灿烂的笑容。合唱团可能还是一个比较重要的小学的组织。

寻泽站在窗前,脸上也慢慢地浮出了笑容。有几毫升的水正贴着她的腿,缓缓流向脚踝。

二

快到家的时候,寻泽终于接到了高森打回来的语音电话。

这时她离小区还有两个路口,这僻静的地方居然还有点堵车。她本来在车上放的是以前收藏的嘻哈歌单,有个1990年代被枪杀的美国黑人歌手在说唱着什么世间到处有压迫,但生活依然继续之类的事。那声音中有种无所畏惧也无所谓的信念。她每次听都会情绪高昂。当然,她今天的情绪本来就很好。

高森电话里的声音带点倦意,也有种万事无所谓的腔调。寻泽说了下午的事,在林琼家落地窗前突如其来的生理反应。她说药估计起作用了,明天再去医院确认一下。他说那太好了,可他这两天还在北京,下周估计还回不来。她说,哦,也没关系,反正下周应该还没到排卵期,先跟医生确认激素正常了再安排同房也不迟。然后他们又聊了两句无关紧要的,林琼聚会谁去了谁没去之类的,最后在她开进小区车库入口前结束了通话。

寻泽关上车门,从车位边上的旋转楼梯走上楼。她买的车位离楼栋不近,一般她都会在车库里走上一段路,走到自己楼栋的电梯口直接坐上去。但她今天想在外边走走,吹吹夜风。她一走出车库,就感觉这个夏天已经结束了。夜风里有了一种透明的宁静,秋天才有的凉爽,不再像前几天那样令人不安了。

小区里有不少饭后散步的人。寻泽没走两步就碰到同一栋楼802瘦高的长发女人和她上初中还是高中的儿子在遛狗。她不知道这女人叫什么,也不知道她到底长什么模样。这女人是去年才搬来陪读的,寻泽从没见过她不戴口罩的样子。寻泽不喜欢802的长发女人。之前封小区的时候,802的长发女人给寻泽送过一串香蕉。寻泽当时是挺感激的,但没过多久,她就开始无法忍受这女人在楼栋微信群里的分身。802给

1501送了油和米。802每天从早到晚都在当志愿者。802发语音让大家下来做核酸。802帮703上网课的小孩打印了作业。802在帮物业和居委分发物资。802帮二楼老奶奶抢菜。802把自己囤的消毒液放到电梯里供大家喷用。802分发抗原试剂。802给大家分享团购链接。谢谢802的好邻居！寻泽住在十楼，那时她每天早上醒来，都感觉有一种可怕的激情从楼下802的窗户里漫溢出来，和病毒一起在空气中弥漫，像妖怪一样狞笑着爬进了她的房间。她有时候会愤怒地想，如果没有802这种人，用不假思索的愚蠢的热情拥抱无理的现实，或许这一切早就结束了。

寻泽不想看到802。如果在电梯口碰到，她一般都会找个理由避免十几秒的窒息。只要看到802，她就会想起那个在楼栋微信群里亢奋跳动的小人。然后，她会想起那段居家的日子，想起一阵阵莫名其妙的酸楚、卑微和鄙夷。她会想起自己的弱小。就像这个晚上，寻泽吹夜风的闲情立即因为802的出现而消散了。她开始后悔没有按照惯常的路线从地库上楼。是啊，她为什么要从小区地面走呢？她明明真心地厌恶这个小区。她闻到了垃圾分类投放点分裂的熏臭味儿。眼前一排排密集的楼房像随时将会坍塌的洞窟,外壳掀起数块陈旧斑驳的墙皮。清冷的月光停在一个个伤口般的洞口,每扇窗洞里都分装着不同的生活,注满了不堪的时光。一辆电动汽车打着刺眼的前置灯,用不可理喻的行驶速度从她身边驶过。电动汽车加速的声音总让她想到氢气体,或者科幻电影里太空船的画面。人车不分流真是一个巨大的隐患,她想。然后她记起这话最早是林琼对她说的。林琼家的小区当然是人车分流的。寻泽,你以后生了小孩就知道了,车在小区里横冲直撞的,多野蛮,多危险哪。她想起林琼当时的话,真诚的语调。林琼总是比寻泽更有先见之明。她总是能比寻泽更敏锐地意识到自己的物质需要,也因此始终拥有更稳定的精神。可事实是,林琼总是对的。寻泽的确无法忍受这个小区横冲直撞的人和车。野蛮,危险。在小区地面走路会让她想到人工鱼塘里疯癫的鱼虾蟹和泛油的小轮船。她无法忍受小区里的车和人。她无法忍受这个小区。因此,当这个小区以及这个小区里的车和人突然威胁着要成为她的全部世界时,她知道自己已经在那一天被彻底摧毁了。

寻泽加快了脚步。她发现802也是在往楼栋的方向返回。但由于母子俩在遛狗,他们步行的速度还是受到了限制。寻泽一路加速,很快就到了楼栋门口。她确保802是赶不上跟自己坐同一部电梯了,松了一口气。有两只流浪猫正躲在门口信箱底下吃东西。它们听到了她靠近的声音,竖起耳朵,扭过头来凶狠地瞪着她。楼下独居的上海老太又开始在楼栋口投喂流浪猫了。她讨厌老太每次在门口摆放水和食物时,那一脸不容置疑的高傲。人总是固执地认为自己的行为是高尚的——她也瞪着那两只猫,她讨厌这些阴郁弱小的无主之物——可每一个高尚的理由都是危险的。又是一阵由衷的厌恶,并且加速演变成了一种无法抑制的冲动。她环顾四周,802还没出现在视线里。于是她大步走向信箱。两只猫立即被她的气势吓得弹跳逃窜。她一把抓起地上红色的投喂碗,毫不犹豫地扔进了旁边的灌木丛。

这是寻泽第一次丢掉老太的投喂碗。她有这个想法已经很久了。只是她一般都从地下车库上楼,不怎么经过地面的门禁。楼栋里早有人抱怨过这个老太：要么就自己带回家养，搞得我们楼前总是一群猫狗，小孩都不敢回自己家了。有人曾在微信群里大声疾呼。不过老太好像不用微信，可以顺理成章地无视他人的指责。以前还有人使唤物业去处理这事儿。物业知道有关猫狗的事向来容易引起业主持久的争端，很难一劳永逸地解决分歧，倒不如坐观其变。寻泽一边走进她嫌恶的楼窟，一边肆意地享受恶作剧的狂喜。

她不知道自己是怎么了。

三

第二天周一早上，寻泽坐地铁去市中心的公立妇科医院。

她出门的时候刚过6点。天色有些阴沉，似乎还没破晓的征兆。等到一个多小时之后，她从地铁里钻出来，外面的大雨已经下了好一会儿了。寻泽想起昨晚好像有人在员工群里发过台风预警。她点开员工群是为了找到她部门领导的小头像，请半天假。寻泽的手机容量很小,每周必须清空一次微信聊天记录,只收藏重要的信息和文档。高森夸她的反侦查意识强,她自己也早就习惯了这个惯常的操作。她本来就不喜欢微信办公,也很少会在休息日联系单位里的人。寻泽不太在乎通过业务能力或溢美之词博取领导的肯定。她也不太关注天气,不在乎台风。只有某些绚烂的台风名才会引起她的注意。她以前上网查过热带气旋命名系统。人们根据系统里排好序的英文名字,挑选对应的温和的汉字和美妙的寓意,暗示自然理应给人类带来福祉,而不是灾难。不过今天这场台风的名字好像很平庸,因为现在她怎么也记不起来了。

医院有一个狭长的入口,正好给沿街排队的人们提供了一个缓冲地带。寻泽径直走到队伍最前面,把早就准备好的几张手机截图递到门卫跟前。门卫正不耐烦地呵斥入口几个人扫码填流调表,看到一个准备齐全的人,当然立即放行。寻泽熟门熟路地走进去,上楼梯,刷卡签到。她前一天就在手机上完成了预约挂号,所以没过多久就等到了问诊。这次的门诊医生是个中年女人,副主任医师,带了一个年轻的男的实习医生。寻泽多看了一眼那个实习医生。他的下半张脸跟所有人一样,被口罩捂得很严实,但上半张脸非常出众。挺阔的额头,浓眉,目光清澈。他的肤色偏深,但很洁净,暴露在空气里的半张脸就像半张光滑的皮革。寻泽简洁地描述自己的问题。近一年来雌激素低,促黄体素异常,性欲低弱,长期干涸,正在服药,非必要绝不同房。

说到最后一句的时候,她看到年轻的男医生抬起头,惊异地看向她。她立即为自己的幽默而扬扬得意。女医师的口罩里传出一阵讪笑:非必要不同房,这可不行啊。是的,她平静地回答道,不过从昨天开始已经有所好转,所以我想今天再来查一次激素指标和生殖项目。女医师问,昨天为什么好转?因为我昨天突然非常湿,她看着女医师口罩上方不解的圆眼睛说,随后又骄傲地把目光投向了诧异的实习医生。他们是不习惯如此直白的描述吗?她这么想着,又补充了一句:其实没啥特别的情欲,就是看着一面人工湖,水就流下来了。女医师的口罩里又传出了一阵叹息似的笑:这估计主要还是心理上的问题,可是不孕的生理原因你还

人工湖　153

是得查查清楚。这样,我建议你做完今天的检测,首先是要多同房,然后还要再安排一个输卵管造影,现在不少人不孕都跟输卵管有关。寻泽说好。女医师说,那你正好今天也再查一次白带,做个彩超。输卵管造影是介入的,相当于一个小手术,要先确保没有炎症,避免感染。

寻泽点点头,站起身,往诊桌后方走。她很熟悉门诊室的格局,她已经断断续续在这家公立医院问诊两年多了。那时疫情刚刚开始,她和高森结婚三年,繁衍的希望正在定义这场婚姻。她从粘挂在白墙上的收纳筒里拿出一团打结的透明塑料膜,展开,铺在检查床上,从裙子里脱掉内裤,踩上不锈钢的阶梯,爬到床上,张开双腿。头顶的白炽光有点刺目,她闭上眼。每次平躺在医院的白光下,她都会忍不住开始想象自己生命的最后时刻,一个不免遗憾的结局。想象中的死亡很漫长,因为她觉得自己一定会在那个时刻回忆起这一生所有重要的人。父母,朋友,爱人。很多人,很多事,需要很多时间才能想完的人和事。可是死亡的床头会有一副怎样的面孔?她听到一阵脚步声,睁开眼,那个面容出众的实习医生已经拿着器械来了。她看着他绕到她的膝盖后面,默不作声地操作。刮片取样,一阵锋利的冰冷。好了,实习医生轻声说。他的声音让她想起这个清晨在雨中走向地铁站时经过的一条熟悉而安静的小街道。她走下床,从他手中接过一根插着长棉签的玻璃试管,又看了一眼那半张皮革般俊朗的脸,清澈的目光。

诊室外面是真实的世界,一座热带的原始森林。寻泽举着自己的分泌物,小心地穿过公立医院大厅特有的焦躁的人群。迎面走来的女人匆忙而鲁莽,身型瘦小,像一只受惊的卷尾猴,手里也举着盛放分泌物和尿液的医学器皿,横冲直撞。寻泽绕到缴费处给自己的试管贴了标签,放进检测容器,然后熟门熟路地下楼去彩超室门口排队。

彩超室由六七个被发潮的丝绒帘布隔开的阴暗密闭的单元构成,每一隔间前面都排有贴挤在一块儿的队列。好在这里检测效率极高,速度飞快,很快就轮到寻泽了。前一个女人面无表情地从检测床上起来,机械地带走了铺在床上的塑料膜。寻泽也面无表情地给自己铺上新的塑料膜，机械地躺下。不用担心，我们的彩超仪器是全国最先进的。彩超师很自豪地对前一个女人说，好像是在安慰她。寻泽还没想明白前一个女人究竟是对这里的彩超技术产生了什么样的怀疑和不适，戴上润滑安全套的检测探头已经插入了她的阴道。可这一次跟刚才诊室刮片取样的感觉很不一样，甚至跟她此前做过的无数次彩超都不一样。虽然没有实质的痛感，但她还是忍不住皱眉。做彩超的也是个男技师，播报数据的声音冷酷无情——她感到自己被入侵了。

她立即明白了前一个女人的不适。这时探头已经退出了她的身体。下一个女人已经脱了裤子，在旁边等候了。她缓缓地坐起来，彩超师不耐烦地催促。她又一次感到了屈辱、压迫，无所适从的卑微、弱小，几个月前每天从早到晚萦绕在封闭的房间里的沉重的无力与窒息。她的窗外没有风景，她的窗外只有楼窟。墓穴似的楼窟。她直直地坐在床上，把头转向右侧。彩超师那半张生硬的脸在屏幕幽暗的辐射光里扭曲变形。

彩超师注意到了她的视线，也看向她。他的目光浑浊,带有轻蔑的敌意,让她想起那些日子从对面楼窟缝隙里洒进来的凶恶的春天的阳光。她愤怒地瞪着他,愤怒地瞪着脑海里的那些日子。她听得见自己口罩里与愤怒同步的喘息。彩超师好像突然害怕了,目光匆匆扫向她裸露的半身,提高了声音以掩藏自己的慌乱:你干吗呢?后面人等着呢!她默不作声,继续恶狠狠地盯着他,好像只有此刻临危不惧的对峙才能拯救那段衰竭的生命时光,那样伟岸的虚无。

她不知道自己究竟这样对峙了多久,有一阵她甚至听不见彩超室里其他的声音,口罩里不断加湿的呼吸声也消失了。最后,她沉默地拉下了裙子,迈着大步走出了阴暗潮湿的彩超室。在这期间,有一个声音一直在她的耳边盘旋。一句在读大学的时候反复默念过的诗,一个善于打动年轻灵魂的句子:

"你必须改变你的生命。"

四

寻泽走出医院的时候已经临近中午。因为她必须先等待样本结果出来,然后再到诊室外排队等候回诊。分泌物没问题,脓细胞不多,也没有其他病菌,只要等下一次月经结束再做检查就行了。她喜欢那个实习医生清澈明亮的目光,虽然她不明白一个男人如何每天视察不计其数的女人的生殖通道,还能在这日常的凝视中保持清澈如水的目光。外面的雨停了。台风还没到,还是已经过去了?秋天和缓的阳光穿越云层,在城市上空的水汽罩里悬浮片刻,温柔地着陆。夏天真的结束了。

这个夏天还没游过泳呢。她看着还没干透的沥青地面,突然想。她不是游泳健将,但这一生中的每个夏天,她都会去几次游泳池,或者去一两次海边。小时候也是,在老家挤满小孩的狭小的市立游泳池玩水,或者幸运地被父母带到海边。所有在内陆生长的人都不会忘记第一次去海边,那个突然被抛向大海和世界的自己。夏天游泳,去泳池浸泡,或是去江河湖海试水,原本就是季节的标志——就像秋天总让人想到衰老与死亡,春天本应充满希望一样。游泳是夏天的仪式。

可是这个夏天,她竟一次都没有想到过要去游泳。

可能是因为单位一直要求离沪报备,她懒得出行,没去海边,也没住上有游泳池的酒店。也可能是因为这个夏天紧接着一个过于反常的春天。可这个夏天本身没什么特别的,上海跟以往一样湿闷,燥热。这是她在上海的第几个夏天了?这个夏天的光照太长太热辣了,她早该想到要去一趟泳池的。她早该想到用水浇灭内心的焦灼、躁动、恐惧、愤怒。她早该想到的。一整个夏天,她都坚持傍晚在小区外的一条不太长的河道边慢跑,用热汗浇灭焦灼、躁动、恐惧、愤怒。可她竟然没想到去游泳。一次都没想到过。她明明看到朋友圈里有人去了海岛。有人被困在海边,有人在湖里野游。林琼发过带朵朵去海边的照片,还有某个精致度假酒店的泳池照。可她竟没想到自己也可以去一趟泳池。她明明一直渴望能够一头扎进水里,比如林琼家外面灰蓝的人工湖。

她最初喜欢这座城市,不也是因为这里有她喜欢的江河湖海?她想起以前上高中的时候,为了练习英文阅读,逼着自己吃力地读过一本小说集。里面有个故事讲一个男人,有一天突然决定游泳穿过他居住的美国小县城，于是挨家挨户地跑到人们的后院，一头扎进一个个私人泳池。她早就不记得这个故事的结尾，其实可能也没看明白这个故事究竟在讲些什么。但她确实记得自己在一种陌生的语言，在障碍重重的词句里徘徊的时候——就像在一个陌生的聚会，站在不熟悉的人群里闲聊寒暄——她的眼前竟然真的出现了一个游泳的人，一座小城镇。后来她去美国读书的时候也到过小说里这种富裕的小城镇，家家户户都有露天泳池。她总能在那些敞亮的独栋房院后面看到一个浑身湿漉、头发滴水的男人，刚从一家人的泳池里爬上来，赤着脚，仓皇而坚定地跑向下一户人家的后院，下一个泳池。

其实她经常想起这个故事，这个画面。封闭的几个月里，有好几次她都会想起这个湿漉漉的男人。当然，跟那段时间出现在她脑海里的其他记忆出现的形式一样，这个男人游泳穿过小县城的画面只是不定时地闪现一两秒钟。下楼排队做核酸的时候。打起精神，处理珍贵或过剩的食物的时候。坐在书桌前浏览某个刺目的新闻消息的时候。凝望窗外密集灰暗的楼窟的时候。游泳的男人会走到队伍的正前方,单足小跳,把耳朵里的水倾倒出来;他会赤裸上身,倚靠在她厨房的水池边,虎视眈眈地盯着酒瓶里剩下的最后一口威士忌(她家里囤藏的酒没撑过第一个礼拜就全喝完了);他会突然出现在对面楼窟某一户溢水的窗口,从潮湿的窗子里爬出来,抖晃几下水花,径直向上,爬进楼上的窗洞,下一户人家,下一个泳池,下一处泛滥的灾难。她意识到自己已经有好一阵没有想起这个男人了。包括昨天在林琼家看那面人工湖的时候,游泳的男人也没有在那几道狂妄的楼影间探出过脑袋,暴露挣扎扑腾的脚底。

可现在,游泳的男人又出现了。

寻泽看到这个男人已经走到了马路中间,踮起脚尖,迈着大步,飞快地走在斑马线上,轻盈地穿过了一条车水马龙的主街。有一辆汽车没有及时停下,好在他的速度很快,提前走到了对面。他的胸膛很结实,泛着皮革般幽暗柔软的光。她又想到刚才那个实习医生,光滑的前额,清澈的目光。有水滴从男人蹦跳的身子上甩落下来,落到潮湿的沥青路面。天色又开始变

人工湖　161

了。一片不知从哪里来的阴霾遮住了温柔的阳光，台风还没过去。她下意识地跟上去，穿过主街，学着他的样子跨起了大步，不再理会飞驰的车流，那些永远不会在没有红绿灯的人行道前停车让人的司机，一群自私的蠢货。游泳的男人边往前走，边挥动起手臂，好像已经准备好下一次入水。他很快到了下一个路口，向右轻轻纵身一跃，一头扎进了敞开的地铁口。

"你必须改变你的生命。"

她跟着跳进了张开的地铁口。地铁里人很少，没有游泳男人的踪影。但她已经大致知道自己要去哪儿了。转到11号线有上海游泳馆，8号线上有她从没去过的东方体育中心游泳馆，其他线上还有她以前去过的小泳池。她坐上扶梯，往地心的方向下沉，一边在头脑里设计着抵达某座泳池的行进路线。每次在地铁里计算路线的时候，她都会把自己想象成一名地图测绘员，在城市的最深处度量千万人的生存空间。她想起还没吃午饭，但完全感觉不到饥饿。她想到下午还没请假，但毕竟上午请假的时候报备了要去医院，可以随意找个就医相关的理由继续在外晃荡。她的生活——

她的生命——无拘无束！这个想法令她感到一阵生疏的振奋。不过,她还是决定去一个离单位和家更近的泳池。等她从地心深处浮上地面,前滩宽敞的街道正用一种超现实的灰色迎接她的呼吸。

五

如果你在2022年的夏末去过上海浦东前滩,你可能会记得覆盖在那一道道空旷笔直的大街上的灰色——好像有人在灰色上反复涂抹灰色。从东方体育中心地铁站每一个出口浮游到大街的灵魂都会在过渡的瞬间看到这抹灰色。那不是什么触目惊心的颜色。事实上,它十分平缓。那年夏末,前滩的房价正从前一年的至高点矜持平缓地下滑。那年夏末,这抹灰色正沿着崭新的楼房,蔓延在黄浦江边最耀眼的弯道,统治着这座城市最年轻的时光。如果你继续留意这抹灰色,你一定会注意到它的平缓,它的从容不迫。像一池毫无波澜的湖水,渐渐垂直向上,变成了一堵未经粉饰的泥墙。它调和着这座城市所有无法兑现的承诺,安抚着每一种哥伦布踏上新大陆式的狂喜。

它在宣告世界的衰老。

寻泽走上地铁口的上升扶梯,很自然地把自己沉浸在这抹灰色当中。外面的天色也彻底暗沉了下来,空中的堆积云已经遮住了最后的阳光。台风登陆了。对她来说,这抹灰色是比较舒适的。她的身体里正燃烧着这年夏天最后残余的燥热,经由每一次呼吸向外涌,被灰色稀释。路边没有行道树,只有低矮的灌木。天桥和楼房黯淡的金属光让她感到安心,她忽然获得了一种很好的感觉,回家的感觉。不是回老家——她已经多久没有回去了?和所有离开老家去大城市生活的人一样,她无法理解自己的家乡。大多数时候,她根本不想去理解。谁又真的愿意耗时去理解自以为早已逃脱的狭隘?只有当人的精神生活出现危机的时候,我们才会重新想起过去的困境和过不去的过去,才会迫使自己重新追忆逃亡。不,不是回老家的感觉,更像是离开老家的感觉。真正回家的感觉。她欣喜若狂地走进这抹灰色,感到自己正在离开这座城市,离开她的楼窟,离开她的身体,离开她全部的生活。

狂风大作,倾斜的雨滴已经随风落到她的头顶。寻泽横穿过一个空旷硕大的广场。指示牌提醒她,这是世界一流体育运动场馆。她往前走,前方恢宏的建筑体逐渐变形,拱形上扬的白色墙面裂开了一个入口。她钻进去,快速地亮了亮手机里的随申码截屏。前台女人露着半张倦怠的脸,还没等她开口就拿起了一个塑料钥匙准备交递。这里就是游泳池吗?寻泽问。前台女人怔了怔,拿钥匙的手还停悬在半空,用上海话回答说是呀,这里是室内的。还有室外的吗?寻泽接着问。在对面,你从这里绕到马路对过去。她边说边抽回了拿钥匙的手,突然又想起什么,补充了一句:外面是不是刮台风了,室外的估计马上要关了呀。寻泽点点头,从裂变成出口的入口重新钻出去。

外面的风更大了,天更暗沉了。空无一人的广场尽头隐隐闪烁着马路的迹象,但她暂时还看不到第二个场馆,也没法确定那里是不是有一座室外泳池。她只能继续向前,感觉自己是在一片荒漠中顶着晦暗潮湿的风沙行走。前滩的新楼房都在身后,她在游泳馆周围看不到任何高耸的建筑。林琼很久以前就说这里的房子会涨，说水边的新世界是所有城市最后的希望。林琼说这话的时候眉飞色舞，试图让自己的听众想象一部都市末日大片。影片的最后，都市里最优越的人群汇集到一片水边，伤感地回望身后被摧毁的城市，再惺惺作态地看向前方，在水面上冉冉升起的救赎。可惜一开始前滩的房价就不低，买不到大房子，我们只好去找最新开发的人工湖。林琼总是能为自己寻找到自洽的生存空间。是的，林琼是世界末日的幸存者，是这个世界的生存者。无论外部世界如何动荡，生活如何不堪，她都能凭借强大的本能和行动，遮蔽动荡与不堪，在最大的限度之内，延续最舒适的生存。可寻泽自己呢？她也幸存了。她也在生存。可是激烈的思想时时刻刻都在阻碍她的生命行动。她无法假借自由的意志怡然自得地延续她的生存，她的身体也无法孕育新的生命。她感觉自己始终行走在生存的边缘。陆地与海洋的边界。某些河流的岸边。或者此刻，一座室内泳池和另一座室外泳池的临界——

她看到了马路，还有马路对岸的另一座游泳馆。尚未成形的雨水笼罩着她的位移。泳馆的外墙是白色的，在烟灰色的布景下有点突兀。恢宏的几层拱形体自然地倾斜，正好嵌入风起云涌的画面。像海上暴风雨前的白色堆积云，海面滚动咆哮的白色波浪，海浪里时隐时现的白色船帆。她继续向前走，忽然发现这座白色的室外泳馆确实是立在一片波涛汹涌的水面上，一面人工湖。她下意识地环顾四周，发现她身后的室内游泳馆也被一片人工湖包围。在统摄一切的灰色中，她才发现自己刚才行进的广场只是一座宽阔的桥面。她的脚边一直都是与水泥桥面融为一体的灰色湖面。她没有注意到狂风中涌动的水浪。因为她太过在意自己身体里流动着的起皱的思绪。内部世界与外部世界的界限正在消失。她的自我正在水泥和湖水里塌陷。

　　雨落下来了。她继续向前，游荡在汪洋的烟幕里。陌生的泳馆和人工湖向她靠近，冷静地变换着外观。人工湖远看像水池，近看却成了大海的倒影。白色泳馆像一座险峻的孤岛，召唤着鲁滨逊那样的漂流者来这里挑战封闭，用人类的生存意志和人工的物质实践蔑视现实。一个蓝色的路牌在暴雨里跳动：室外跳水池。她之前在手机里搜索东方体育中心游泳馆的时候看到过这个名字,室外跳水池就是室外游泳馆——虽然她很怀疑里面会真的允许泳客跳水。夏天的公共泳池太芜杂了,她没法想象有人真的能在拥挤的泳池跳水。她本来也不喜欢跳水,她不喜欢那种在跳水台上发抖的感觉。那种明明渴望一头扎进水里,又因为恐惧的强权而无法放纵渴望的感觉。她会对自己失望。就像那些正襟危坐在她的楼窟里的日夜,她无时无刻不在为自己的怯懦而感到失望。是的,即便是那段日子,她也从来没有真的感觉到绝望。纵使天花板不断向下,地板不断向上,房间日复一日地挤压着她的身体和灵魂。纵使她封闭的房间和她封闭的自我已经合二为一,她也没有真的绝望。她从没有想过要走到窗前纵身一跃。她只是对自己失望了。不是对世界,是对自己——当然,那时候她还没意识到世界就是自己。

风雨裹挟着她的身子,衣裙,背包。她感觉不到被雨水浸透的不适,甚至感觉不到与整个夏天相斥的寒意。她已经来到了这座岛屿的中心,跳水池的入口。

那么临近。她已经能够想象自己一头扎进水里的样子了。像那个一次次纵身跳入不同的私人泳池,并宣布要用这种方式穿过整座县城、整个生存空间的男人。跳入一座泳池,跳入大海,跳入林琼家窗外的人工湖。为什么林琼在那些日子里从没想过从她的窗口纵身一跃,跳进她深爱的天空和湖泊?是因为她的虚伪和懦弱,还是因为朵朵?

她想起很多年前,她第一次和高森在北京约会的那个午后。他们面对面地坐在后海边一个庸俗的酒吧。有人开始唱歌,他们互相打量着。她看着他清澈如水的目光,她喜欢那种目光。他们思索着无限的自由的广阔未来。可能在很短暂的片刻,他们也思索过如何用封闭的契约去拥有那种海阔天空的未来。然后她说,你知道吗,我真想跳进后海啊。高森嗤笑着说,那你跳吧,但后海其实只是个人工湖。她也笑了起来,一面凝视着那片冰凉而跳跃的水。光是凝视它们就能让她血液奔腾,皮肤刺痛,下水横流。她想亲吻她的爱人,她想爱她的生命。她感到自己的生命在燃烧,但她的嘴里全是灰烬。她大步走向跳水池的入口。有一个

人工湖

工作人员正在门口竖起闭馆的标牌。有几个游完泳的人伫立在门口,正在思索怎么出去。他们看到她了吗?

六

如果他们看到了,他们看到的应该是一个在暴风雨里前进的女人,径直向前,并且突然在快要抵达终点的时候停住了。他们会看到她的身体笔直地矗立,好像风雨里一栋破损的楼房。然后,他们会看到她转过身,坚定地从岛屿的中心向外围走去。她翻跨过白色护栏,向下走台阶。她下台阶的时候不是一阶一阶缓缓地走,而是跳跃着,两阶甚至三阶合并着蹦跳下去。她走向海岸线,泳池外部人工湖的岸边。她在岸边停顿了片刻,像是在思索什么有趣但又毫无意义的问题。她的黑眼睛里闪烁着灰暗而清澈的光芒。然后,他们看到,她毫不犹豫地跳进了水里。她跳水的姿势很独特。有一个向上的动作,好像是在做飞升而不是沉沦的准备。白色的石阶是她的起跳点。她甚至真的向上飞跃了片刻,为了摆脱某座牢笼,摆脱难以摆脱的时光。没有什么可以阻止她强烈的上升意志。外面狂风呼啸,垂直的洪水淹没了一个崭新的世界。

她的姿势很独特。像一名卓越的跳水运动员,一名临危不惧的勇士。

世界已老

只要张开这件斗篷,
它就载我们往空中飞去。
只是这次大胆出外,
笨重的行李不能携带。
我将准备一点可燃气体,
迅速将我们从地上举起。
我们身体一轻,就很快上升;
我祝贺你走上新的人生旅程。

——《浮士德》梅非斯特语[1]

1 引自钱春绮译本。

对了,一方,我有没有跟你说过上次在淮海路上碰到梅非斯特的事?

那是很久以前了。大概,至少,好几年前。疫情之前。可能就是疫情前的秋天。秋天的城市总是变幻莫测,每一天都披着不一样的颜色。秋天里的人也喜欢披上一些不那么实在的颜色,人工合成色。比如红棕色,绛紫色,鹅黄色,沥青色,都是一些不太自然的颜色,甚至还有点不切实际。我已经忘记那天下午为什么会走在淮海路上。但我清晰地记得自己是在一种浓墨重彩的、不自然的灰色中走上那条宽大的街道的。

不,我不是说那天我穿的是我喜欢的那件灰色夹克。那天是一个典型的南方的秋天。潮湿,但并不凉爽。正午时分,如果你用心留意,你还会发现你额前几厘米的空气里忽地蹿起一阵阵夏末的闷热,像一簇簇逐渐息灭的烟花。所以那天我根本就没有穿外套。我

世界已老

穿的应该是一件天蓝色的牛津棉衬衫。你知道我喜欢穿衬衫，喜欢把自己打扮成一个读书人。有一阵我还学着一边看书一边抽烟。当然，那是更早以前的事情了，是在我那个抽烟的姑妈和不抽烟的大舅得肺癌去世以前。他们大概是同一阵在自己的身体里发现了形状危险的结节。你那时对我说，我的基因可能不允许我继续抽烟了。于是我又继续抽了两个冬天，两场葬礼。再然后，我就不抽烟了。

所以，当我说那个秋天的午后，我在一种浓墨重彩的灰色中走上淮海路的时候，我既不是说我那天穿了灰色的衣服，也不是说我披了一身的烟灰。我的意思是，那一天的我**自己**是灰色的。我的父亲在我初二那年，在我第一次陷入爱情的时候告诉过我，人成熟的标志跟植物一样，就是当每一种变化都不再那么明显的时候。当一个人突然持久地暂停变形，突然只剩下一种颜色的时候。他告诉我说我还在成长，我离成熟还有很长一段时间，我的生活还会发生很多变化。他说他自己是在三十五岁那年成熟的。像一颗果实，那一年他才露出了他的本色，他原本的颜色。他说那之后有好几年,他清楚地意识到,所有的变化都停滞了。他不变胖也不变心,不迁居也不移情。不仅是他自己的本色正在热烈稳固地绽放,他感觉到整个世界原初的颜色也突然毫无保留地展现在他的生命面前。在凝望着那些一成不变的日子的时候,他看到世界衰老了。

我父亲没有说错。后来有一天,我专门把家里所有的老照片翻出来,用手机翻拍后放到电脑里和新拍的数码照片放在一起,一张张比较。照片里父亲的颜色的确是一致的。是一种由湖水透明的底色和某种湛蓝的化工颜料调配出来的深蓝。我父亲年轻时候的照片很少,他也从不允许我把那几张宝贵的照片数字化,好像数字化不但不能承诺永恒,还会破坏胶片首次机械复制的实在与本真。所以我没有真的研究过父亲在成熟以前是什么颜色的。现在想来,我甚至不知道他当时对我说这番话究竟有什么用意。可能只是想要告诫我不要沉迷于早恋?可他确实说对了。尚未成熟的我从梦中醒来,想不起之前每天早上第一个出现在脑海里的恋人的名字。此后,同样的故事反反复复,持续了二十多年。一觉醒来突然消逝的爱情,一个突然变了颜色的自我，一场突如其来的变形：一个现代神话的经典开头。

在灰色中走进淮海路，或者说，在淮海路上变成灰色的那年秋天，我正好也是三十五岁。我的生日是那年的夏至，跟以往的生日一样，没有什么新奇的事发生。走在淮海路上的时候，我应该是已经想到了我父亲跟我说的话，想到了记忆中的他和他持久的深蓝。我应该是想到了这些之后，才猛地注意到了那抹诡异的灰色。那抹灰色似乎既是萦绕在我的身体周围，又在一瞬间渗入了我全部的生命时间。

我感到恐惧。

是的，一方，我这一生从来没有感觉到过这样的恐惧。你知道我们能够体验到的大多数恐惧多少都是带有宣泄性的快乐的。因为恐惧总是围绕着巨大的不确定。我以前给你分享过一个网上的视频，录制了一系列站在十米跳台上的普通人。不论他们最后敢不敢跳下去，如果你仔细看他们的眼睛，你会在他们颤抖的视线里看到闪闪的光亮，星星点点的狂喜。只要还有那么一丝不确定——会不会跳下去，会不会死去，会不会重生——只要还有一毫一厘的未知,恐惧的时刻就会迸洒极致的快感。可是那天我感觉到的恐惧不一样。那是关于"确定"和"已知"的恐惧。那种恐惧里没有多少惊心动魄的情绪,没有毂觫的表象,更没有什么隐而未发的欣喜。那种恐惧里什么都没有,甚至没有绝望与虚无。我该怎样向你形容那种恐惧?我能想到最接近的一个比喻可能是以前我们用过的那种手机锂电池。长条形一块电板,扁扁的,可以充电,但用不了多久就会报废的那种。原理跟我们现在的手机电池其实一样,跟电瓶车的电瓶或者新能源电动汽车的电池应该也是差不多的。我有一次在杭州老家整理房间的时候看到过一块这样的报废了的手机电板。躯体已经膨胀变形了,残破不堪。能量从借用的躯体里逃流而出,时间充替了电流。要知道这副磕磕碰碰的扭曲的躯体里可是装满了死去的时间!一具昨日的遗骸,行走的阴影,在一个白痴的齿牙间晃动。这就是那天我在我自己的灰色中感觉到的恐惧。一块废旧的锂电池。困在一部打不开也永远充不进电的手机里,充满了死去的时间。

就这样,我走在萧索的街道上。我的灰色和恐惧也走在萧索的街道上。那是一个工作日,淮海路上没有特别多人。我走在人行道中间,左边是车道,右边是商铺。我试图尽量保持直线行走,因为此时我的灰色和恐惧正用一种凶恶的倦怠左右着我的步伐和我的目光。街道变得扭扭曲曲,逼仄奸猾,面目狰狞。我竭尽全力,摇摇晃晃地向前走。后来有很长一段时间,我都不敢一个人走在上海的街道上。你知道的,这些年我无论去哪里都喜欢开车。你应该是早就注意到我这个变化的。但你可能以为这主要是因为疫情的关系。什么都可以是因为疫情的关系。总之,自从开车进城以后,我之前的很多胡思乱想都突然消失了。我甚至开始获得一种新的很好的感觉。一方,你能体会到这种感觉吗?当你在一座城市步行生活了很长时间,你的脚步就会像心跳一样附着在一条条血管似的街道上。你的脚步越来越习惯那些街道,那些街道也越来越依赖你的心跳。然后有一天,你突然加速了。比如你骑上了一辆共享单车。你发现你熟悉的街道像河水一样开始流淌。你的现实变成了幻影,一切重新开始了。

那种感觉是多么奇妙啊。你跟我说过你第一次在南京开车的时候,你从你家开到了鼓楼。你每天都要走的路让你感到陌生。你说你感到了自由。我想这也是我后来坐在车里,在一个与世界隔离的自我里,穿越这座熟悉的城市时所感觉到的。我也感到了自由。

不过,这时你又会对我说,男人的自由和女人的自由是不一样的。你会提醒我,无论我再怎么模糊性别界限,再怎么去模糊任何界限,界限始终存在。你会告诉我,我的自由是轻而易举的,因为男人的自由都是理所当然的。可是你的自由却是你通过每一天的努力得到的——如果说你我的自由真的存在的话。你会举很多例子,那些成功的和不成功的女人。你会举你朋友的例子,还有一堆社会新闻。你会给我发链接,一个个虚构的真实的故事。你会说到你的丈夫。他可能是世界上最好的丈夫,但是在他身边,你依然需要分分秒秒争取,甚至是争夺你的权利与自由。因为一个对命运无动于衷的女人是看不到自己身上的枷锁的。这句话同样适用于男人,但是对于女人来说,你会这样强调,枷锁不是一个简单的隐喻。说这些话的时候,你会激动地从凳子上站起来,仿佛是向我展示你身上的铁链。枷锁。如果实在有必要,你可能还会继续站到桌子上去,让我仔细看清楚这个词语真真实实存在的模样。我会轻声对你说,一方,我看到了。我知道了。我们的自由不一样。

可是我很少感到自由。凡尔赛。不是凡尔赛。这真是一个奇怪的词。可能有一点凡尔赛。你说得没错,一方,不是很多人可以像我这样,到了这个年纪还在四处晃荡。你二十多岁的时候有好多年也是一个人漫无目的地游荡。那时你的自我那么巨大,在原野上飞速地无限膨胀。你的心很轻,悬浮在一座座五光十色的城市上空。你总是回忆说,那是一个很好的时代。可是如果你还记得,那时的你经常会发来一条条莫名其妙的绝望的信息。你总是在试图破解那些你所无法理解的瞬间。你总是在贪婪地攫取你身边所有男性的注意。你喜欢很多形式的性和权力,但你很快厌倦了任何形式的游戏。你说你只想看到事物的本质。在那些轻盈的绝望的年岁里,在那些面容逐渐趋同的男人的目光里,你慢慢地意识到了你的自由和你的不自由,你的自我和你的自己。

一方,我们的自由不一样,但自由可能不一定是一样能被拥有的物品。有的时候,自由是一种关系,是我们和他人的关系,我们和世界的关系。就像爱情一样。我以前不理解这一点,因为我不理解自己那些频繁的、转瞬即逝的、很难被视作爱情的冲动。你提醒过我说爱情很重要,因为你选择爱一个什么样的人,就意味着你选择用什么样的方式在和这个世界相处。我不知道你说的这些话有没有道理。但我在听你说这些话的时候,脑中浮现的那个乌云状的概念不是爱情,而是自由。

可是一方,我很少感到自由。

至少,那天下午,当我和我的灰色和恐惧一起走在淮海路上的时候,我是不自由的。这一点我非常确信。不过,我在当时还没有那么地确信。我其实很少能完全还原我在过去某一个时刻内心的全部想法。有关那个下午的一切,我后来这些年在脑中翻来覆去地思考了很久,很多话已经在我的思想中改变了原有的形状。现在想来,我之所以能够确认那天下午的不自由,主要还是因为我的灰色和我的恐惧。恐惧是用来控制人的,不是给人自由的。尤其是那天我所感受到的这种确定无疑的、取消一切时间的恐惧。至于我的灰色,这抹即将伴随我余生的灰色,同样是如此确定、独裁。当然,我能想到用这两个原因来确认我的不自由,是在我碰到梅非斯特之后的事了。

看到梅非斯特之前,我已经在这条歪歪扭扭的大街上走了好一会儿了。淮海路很长,我可能从来没有走完过这条路。特别是搬到城郊以后,我一年可能至多有两三次机会去淮海路那一带。即便是后来开车去城里,我可能也只是偶尔会走一部分的淮海中路,顶多还有一部分淮海西路。一方,你以前去上海图书馆的时候应该是走过靠近西面的一小段的淮海中路。那一段路比较冷清,没那么多商铺,但也并不友好。如果你从上海图书馆的地铁口走出来,沿着淮海路往前走,你会感到一种幽隐的不安。那段路不算特别笔直,有几个弧度很小的弯道。快走到弯道以前,如果你一直抬头往前看,你会看到前方孤冷的建筑被倾斜的路的阴影遮挡住一部分,显得尤为傲慢。那段路旁边还有好些纵深的小路,长年在梧桐树的阴影里崎岖地生长,把日积月累的阴森的愤恨统统传输到主干道上去了。总之,淮海路很长,但它从头到尾都不是一条友善的路。可是那天下午,淮海路比平时还要长,还要不友善。那天下午的淮海路蜿蜒崎岖,止不住地在我灰色和恐惧的意识中歪斜、回转、颠倒。有几个五彩斑斓的时髦女孩说笑着迎面走来,同我擦肩而过。她们身上年轻的、变幻的、挑衅的色彩有点刺眼。我感到愤怒。是的,一方,有点莫名其妙。我现在还记得那阵疲乏的怒火。你一定会说,可这不应该是男性视角下的叙述。但我那时就已经厌倦了有关男女凝视的条条框框。我看着眼前这条凶险的道路,一张张狰狞的面孔,缓缓停下了脚步。

就在我停下脚步的时候,我左前方五米左右的一个背影也停住了。我恍惚地看着那个背影。一方,你已经在怀疑我的叙述了。我也怀疑自己的记忆。那个背影很弱小,躲在一件肥大的灰色夹克里面。没错,一方,那是一件跟我最喜欢的那件灰色夹克很像的另一件灰色夹克。大小也差不多。所以我可以大致估量背影主人的身材,至少要比我瘦小一整圈。那时的日光已经有些黯淡,忽地起了一阵湿软的风。那个背影像一根水泥蜡烛一样竖在路面上,和路边的梧桐平行,汇聚着周遭静止的时光。那个背影令我诧异,因为笼罩在灰色夹克上的是一种我从来没有见过的颜色。一种时时刻刻变幻着,却又始终如一的瑰丽的色彩。那年秋天我周围很多人的颜色都在发生变化,但我从未见过这种诡秘的色调。这种颜色是复合的。我不是说这是一种复合色,因为我们的颜色都是不自然的,是人工调配的,由很多种颜色组成。我的意思是说,这种颜色里分明存在着很多种根本无法调和的颜色。我甚至可以看到三原色独立鲜明地存在于这一种颜色。一方,我知道我和你一样,喜欢把简单的问题复杂化,把日常的现象描述成复杂的抽象。但这一次我确实看到了一种奇特的"存在"。不是在场。是存在,存活。我看到世界上所有的颜色都鲜活地在一种颜色里不断变化,不断生活。这种颜色可能就是光的颜色,但也可能是另一种黑色。我站在原地,热泪盈眶。我看到了父亲孤独的蓝色,也看到了刚刚渗入我意识深处的灰色。

每一种颜色都同时独立存在,交替现身。要知道这种存在是那样强大、强烈,那样理所应当!一方,如果那时你站在我的位置,看到这个背影,这种颜色,你也一定不会像平时那样,本能地反叛,习惯性地刨根问底。你一定不会再去问那个没有答案的问题:它的意义是什么?存在的意义是什么?你一定不会这么问,因为在那一刻你会意识到,这个问题威胁着它的存在,存活。正如这个问题也在时刻威胁着我们的生命。

然后,就是在这个时候,一方,我想起了我的母亲。我很少跟你说我的母亲。因为我很少想到她。那一次是我很久以来第一次想到她。我跟你说过我最后一次,也是第一次去德国看她的事。你那时候说我叙述得很含糊,不真诚,轻描淡写。可事实是,我跟她的会面很简单,只适合轻描淡写。而且在跟她告别之后,我再也没有像现在这样去回忆过去的细节。所以那段记忆只能用简笔画来重现。不过,我现在还是想再讲一遍,因为这段记忆正是在我看到那个背影的时候复活的。我记得那天早晨,我从柏林坐火车去莱比锡。她在火车站接我。她看起来跟她平时在各种社交平台上发的照片一模一样,以至于我看到她的时候完全没有意识到,那是她在我五岁那年出国离去以后我们的第一次会面。她很自然很亲昵地拥抱我,带我去了当地最有名的奥尔巴赫地下酒馆吃饭。她在饭桌上说了很多话,问了我很多事,我也东拉西扯,喝了好几杯啤酒。我现在完全记不得任何谈话的内容。我只记得在走出地下酒馆的时候,她指着门口的铜像问我,你要在这块雕像前拍照留念吗?我原本平静的情绪在这时发生了骤变。我涨红了脸,恼怒地纠正她说,应该是"这座",或者"这尊",甚至用"这个"也行,但你用"这块"就是在无视现代汉语里的个体量词。她愣住了,过了几秒又开始无所顾忌地大笑起来。她说,我德语说多了,说中文都用的德语思维,你多多见谅哦。我只好点点头,看向雕像。雕像一共两人,右边是披着学者长袍、留着大胡子的浮士德,左边是披着短披风、一手指天的恶魔梅非斯特。她拍了拍浮士德那只被游客路人摸得金灿灿的鞋子说,你知道浮士德的故事吧。我故作随意地说,嗯,一二都看过,还看了德语原著。她露出了一种难以捉摸的笑容,说,那别忘了哦,理论全是灰色的。

这就是有关那次会面的全部记忆了。就像宿醉断片一样，我的记忆在她说完梅非斯特那句名言之后戛然而止。漆黑一片。我甚至不记得自己是怎么坐上火车回柏林的。在柏林最后一周的暑期活动，我也没什么印象了。到后来，她说最后那句话时的笑容在我记忆里也扭曲了。一开始是灿烂的，后来变得苍白，再后来又变得轻蔑，最后只能说它是难以捉摸的。我一直不明白她为什么要说那句话。就像我不明白我父亲为什么要告诉我有关成熟与颜色的秘密。她是在嘲讽我太过学究吗，还是在试探我到底有没有读过《浮士德》？她想看看我能不能接上"理论全是灰色"的后半句——"生命的金树才是长青"？我再一次看到梅非斯特的金句在日常生活中出现的时候已经是后来的事了。疫情刚开始那会儿，你知道，国内那名年轻医生留下的微信签名。那时所有人都在网上。所有人都在转发同一个人的生命，所有人都在注视同一个人的死亡。那时所有人都装作找到了勇气，直视我们岌岌可危的共同的生存。我也转发了。我在网上零散的报道里看到了他用梅非斯特的话在那个空壳般的微信号里遗留下的个

世界已老　　189

人签名:"理论是灰色的,生命之树常青。"母亲留给我的谜语。魔鬼给浮士德的学生们留下的谏言。歌德给文学爱好者留下的格言。梅非斯特用那名医生的微信号留给世界的叹息。他究竟为什么要留下这样一句话呢?我没有认真地思考这个问题。因为这个问题的出现,突然终止了我对我母亲用同一句话结束我们那场会面的疑惑。因为这句话就这样被留存下来了。因为即便说话的人死去,话语依然继续生存。

一方,你有没有想过,也许我们从来就不是生命的主人。也许我们短暂的生存只是为了留下一些原本与我们无关的事物。我们度过一生,仅仅是为了让另外的一些什么得以呈现,得以生存。一句话,一本书,一个故事,一个新的生命。我们只是一根管道,一张纸,一封信,一部手机,一块电板,一副躯壳。我们只是一个媒介。真理通过我们显现。荒谬通过我们彰显。黑暗通过我们的逝去降临。光明通过我们的诞生重现。或者反之亦然。从来就不存在什么"我们",而是从来就只有"通过我们"。存在的前提既不是思想,也不是行动,而是传递。物流。传递思想、话语、记忆、信念。

传递,繁衍,再传递。被传递的是重要的。传递的我们却是不值一提的。就像言语和意义的关系一样,得意而忘言。一方,你想过这些吗？自由从来都只是狂人的无稽之谈。没有生而自由的人。也没有通过努力获得自由的人。只有通过我们而存在的自由。

当这些话通过我,在你面前铺展的时候,一方,你看得到自由吗？

我不知道那个下午,我的思绪是否也像现在这样,自由地飞越了无数个漫长的夜空。我只知道当那个背影停在我面前的时候,我在此刻写给你的这番话已经统统涌现在凶恶的淮海路上了。它们在远处的弯道附近汇集,奋勇向前,很快淹没了路面两旁矮小玲珑的商铺。它们毫不懈怠地朝我和背影站立的方向涌来,漫过了横跨在我们前方的十字路口,漫过了整条街道。然后,像潮水一样,它们又退去了。眼前的背影经历了一番冲洗,变得更加清晰了。这时候,我认出了这个背影。确切地说是我认出了这件灰色夹克。梅非斯特的短披风。一方,我又开始任由那些独断的臆想了。可是这个世界原本就是如此无序、偶然、专断。我又要如何理解、传递这样一个无序、偶然、专断的世界？至少，在我认出那是梅非斯特的短披风的时刻，一个可以被讲述的世界开始了。

这个世界是敞开的。一方，你会说我正在把突然出现的有关我母亲的记忆嫁接到那一刻。你会开始说很多弗洛伊德。你认为我无法直面我的母亲。可是弗洛伊德也说过，任何一个梦、任何一种念想都不会被真正忘记。我立即明白了那件夹克之所以看起来过于肥大，是因为它本来就是一件披风，而不是一件夹克。那是梅非斯特用来飞行的斗篷。就像在莱比锡地下酒馆门口，他嘴角挂着一抹否定的狞笑，带浮士德一起飞越夜晚的城市，去看小世界和大世界。我也立即明白了背影身上变幻的多重颜色。那些颜色原本就属于各种各样的不同的人。每一种颜色都是一个被困在魔鬼契约里的正直的人的灵魂。我看到了那个收集人类灵魂的魔鬼。我认出了梅非斯特。

于是我往前走，走到背影右边。梅非斯特侧过身。他果然比我矮一截，看起来非常瘦小。他慢慢转向我。日光下，那张脸上最醒目的是一副白色的口罩。是的，一方,他戴着口罩,在疫情前的秋天。一方,你现在还能想象一片没有口罩的人群吗?你能想象挤进一节地铁车厢,旁边全是裸露完整的面孔?你还记得生活被十四天的区间分割以前吗?我们熟悉的现实已经改变了秩序。我们的记忆和模仿同样分崩离析。有时候我会想,或许这就是疫情的开始,故事的开头。一个躲在理性、伪善与和平的面具下的新世纪。一个躲在用口罩做的面具下的新世界,就这样开场了——在疫情前那个秋天的下午,梅非斯特戴着口罩,在淮海路上漫无目的地游荡。

我看着梅非斯特。他也看着我。然后我意识到站在自己面前的是一个女人。淮海路上的梅非斯特是一个女人。她的头发很短,肤色偏深,眼角布满皱纹。正是那些密集的、细致而严肃的皱纹透露了她的性别。那是女人的皱纹。我不知道该怎样描述,或许这只是一种直觉性的区分。或许真的像你说的一样,那时的我正在用我的双眼四处投掷我母亲幽灵似的轮廓,以至于在我眼前出现的每一个人都像我母亲一样,连皱纹里都刻有鲜明的女性特征。一方,你可能会觉得我是在暗示女人比男人更怕老。但这不是真的。事实是,女人比男人更渴望衰老。你说过你很难想象你六十岁以后的生活。你说如果有一天你发现自己失去了所有的性吸引力,你就再也无法继续期待你的明天,经历剩下的那些已经有了结局的夜晚。有一天,你引以为傲的性能量将再也无处投放,困在一具腐朽的身体里。你说大多数女人只是在用孩子抵抗这一天的到来。人总得有点寄托,你说。你只是还没有想好。

一方,你只是还没有想好。你还没想好如何去应对随着时间慢慢逝去的自己。可你并不恐惧衰老。你也不害怕接踵而来的病痛和死亡。尽管这种恐惧如果存在,应该也是一种已知的、确定的、死气沉沉的、灰色的恐惧。也是那天我走在淮海路上时感受到的恐惧。你对有关衰老的这一切甚至还抱有一丝隐秘的期待。你迫切地思念着未来的某一天,某一个瞬间。当你饱含温情的注视最后一次点燃爱人的目光,爱情的幻影最后一次在火光中绽放。你将变成一个老人,重新走入你曾经深爱着的夜晚。

"请问……"

听到自己刻意压低的试探性的声音时，一方，我也对自己感到失望。一直以来，我都是这样一个唯唯诺诺的人。我和你不一样。我看起来洒脱，随和，自由。我总是用虚弱的笑容，故作自如地应对着眼前越来越不可控的人事。于是当我看到眼前这张布满皱纹的不完整的脸的时候，更确切地说，是当我看到那双深陷在皱纹当中的眼睛的时候，我本能地退缩了。一方，我从来就不喜欢和陌生人四目相对的瞬间。我总会从别人的眼睛里看到那些我不想看到的，看到那些只要看了一眼，就再也无法不看到的事物。目光是危险的。况且，对视本身就包含了多多少少的魔幻的性意味。你不止一次提醒我，目光如何刺穿另一个人的身体，精神。你的自我如何进入他者的灵魂。你如何跨越界限，跨越原本就不存在的界限。所以我总是逃避对视。我总是潦草地观察，但从不直视。当然，这个习惯在疫情以后不得不得到修正。口罩上方，原本不会说话的眼睛也不得不释放表意的信号。那天下午，前一秒从我心中漫溢出来的话语似乎还在路面上奔腾不息，使我毫无防备地撞上了她的目光。我只好下意识地用言辞躲避那一瞬间的目光交换。

"请问……这是淮海路吗?"

她的目光很黯淡,没有一丝波澜。如果刚才我在她的背影里确实看到了成千上万的灵魂的色彩,那么此时我在她的眼睛里看不到任何颜色。我忽然感觉此前有关我母亲和梅非斯特的联想是荒唐的。在我面前的陌生人只是一个走在上海街头的普通的女人,一个老人。一个老太婆。她的外套不太合身,可能只是因为她穿了她儿子的衣服。诸如此类。这并不能说明她有可能是一个恶魔。她平静地看了我一会儿,被口罩掩盖住的脸颊似乎抽动了一下,好像在咀嚼我的愚蠢的问题。

"不是。"

她的声音有点尖利,透着上了年纪才有的沙哑。声调很普通,但似乎又游离在那个时刻的上方。我到现在也没有想明白究竟是她的声音还是她的回答令我惊讶。我惊讶地看着她。这一次是主动看向她的眼睛,那双没有任何光彩的黯淡的眼睛。我没有办法从那双眼睛里读出任何信息。我不安地挪开眼神,往街四周看了看。街道上的人在移动。车也在移动。淮海中路蓝底白字的路牌标识就在旁边,一动不动。

一方,你怀疑过你的生活吗?你怀疑过这个世界吗?总有这样的时刻,你会在突如其来的荒诞感中变得特别警觉、敏感。你全身上下所有的神经似乎都获得了新生。你能看到每一块石头细小的温柔的纹路。那一刻,我面对着彻头彻尾的荒诞,忽然感觉自己的灰色变得更浓烈了,好像有人"在灰色上面涂抹灰色"。我再缓过神来的时候,她已经独自往前走了。

我下意识地转过身,跟上去。起风了。她走在我前面,短披风突然间积蓄了大量的空气,像气球一样膨胀起来。她开始加速往前走,好像是在为某一场起飞做准备。这时候我发现她有点瘸腿,使得她莫名其妙的加速看起来更加可笑了。我跟在她后面。变幻的颜色这时又回来了,和空气混淆在一起,填充着她的短披风。她的影子被慢慢逝去的日光拉长,拖在地上,像是披了一条黑色的婚纱。就像你在婚礼上穿的那种。一方,你还记得吗?那场噩梦般的婚礼。你有一天早上醒来,平躺在床上闭着眼。你睁开眼,你看到自己被打

世界已老 197

扮成了结婚的模样。你看到你生活里的人们陆陆续续地出现在你的面前。你开始等待。你开始等待你的整场生命，整场碌碌无为的生命。你看到这场生命包括这场生命开始之前的、结束以后的，以及这场生命边缘外围的所有人都一个个含笑前来，簇拥恭喜。你的全部生活都平整地在你的面前铺展开来。然后你往前走，走向一座陌生的城市，所有的街道都为你往前延伸。所有的街道都为你垂直生长。在你步行的终点，竖起了一面辉煌的城墙。一方，我在老态龙钟的梅非斯特的影子里看到了你。你既是做梦人，又是这场噩梦本身。她拖着你和你的噩梦向前走，一瘸一拐，速度越来越快。有那么几个街角，我竟然可以听到自己的喘息声。她究竟是怎么走这么快的？此时我旁边的行人和街景都已经模糊了，我完全不记得自己在往哪个方向走，有没有转弯，有没有走上其他街道。可是我已经无法确定自己一开始是不是真的走在淮海路上了。标识或许只是标识，语言也仅仅是语言。世界的边界是语言的边界。有人在我耳边轻声说。她走得那么快，好像真的马上要飞起来一样。风越来越大，阳光已经完全消失了,整座城市都被一种平凡无奇的灰色笼罩。可能马上要下雨了。

正当我开始习惯这种诡异的加速度时,她突然放慢了脚步,接着侧身拐进一条狭小街巷,轻巧地钻进了巷口第一家店铺。我立即跟上去,推开门走进那家铺子。我已经记不清那家铺子里面是什么样子的了。我只记得那种扑面而来的喧嚣,还有昏黄摇曳的灯光,让我想到莱比锡的地下酒馆。这是那种隐匿在淮海路那一带街头巷尾的小酒吧。或者小咖啡吧。那天当我走进去的时候,我确信外面还是白天,但室内似乎已经是夜晚。人头攒动,都是年轻人。每一个人身上都有一种鲜艳的颜色,斑斓的灵魂,不停地变幻。是的,一方,就像梅非斯特身上变幻的复合的颜色。他们聊天、工作、喝酒,有的还在跳舞。他们眼里闪烁着奇迹的光芒。世界是他们的。梅非斯特已经消失了。我没有看到任何一个穿短披风的人,也看不到任何一个老人。于是我失落地找了最后一个空位坐下,开始梳理之前在淮海路上时的思绪。就在这时候,发生了那件让我确信她就是梅非斯特的事情。

世界已老　　199

一方,我的回忆在我走上淮海路的时候可能就已经失真了。但是这并不妨碍我向你传递那一天,通过我的身体和灵魂在这个世界上显现的一切。一切发生得那么快,每一个瞬间都在威胁着永恒。一颗火球飞速蹿起,在吧台炸裂。火苗在瞬间空出的一小片空地上盘旋。我听到尖叫,慌乱惊恐的人群。或许当时的我有那么一瞬间也陷入了纯粹的恐慌。我想到了梅非斯特在莱比锡地下酒馆里放的那把恶魔之火。我想到炸弹、恐袭、战火。所有和平年代里固有的荒唐的生存危机。但那颗爆炸的火球燃烧范围很小,没有真的伤到任何人,也没有肆虐,只是继续燃烧。这时有一个人快步上前,用手里的拖把在火球上狠狠一放。火焰立即熄灭了,留下几根轻蔑的烟柱。混沌的灯光下,我看到梅非斯特露在口罩外的半张脸。她原本幽暗的双眼熠熠生辉,像是点燃了另一把镀金的火。

我怔怔地看着她眼里的那束火光。我想起了我的父亲。我想起了他每一天都在褪色,但依然一成不变的黯淡的幽蓝。我开始假想。假如那年他还没有成熟。假如那年他还是那个善变的年轻的自己,一株热爱自由而不理解自由的变化着的植物，他是否会带着我和我的母亲一起离开？流离失所，漂洋过海。我也想起了我的母亲。她佯装的洒脱和自由多么可笑。然后我想到我从来不曾留意过她的颜色。她成熟了吗？她找到常青的金树了吗？她爱她的生命吗？一方，我现在依然不明白这些问题为什么会突然闪烁在那天的金红的火光里。可这些思绪就这样静静地淌过了我的身体。

然后，时间加速了。

一方，你知道那种时间加速的感觉。中学那会儿新学期刚开始的时候，每一天都过得很慢。你数得清每一枚黄昏的皱褶。然后有一天，大概是在离结束还剩一半的时候，时间开始加速。日子飞了起来。你说无论做什么事，只要经过了中点，中心，中间那一页，中间的那个时刻，剩下的部分就会加速前进。我终于来到了我生命的中心，岁月的中年。从今往后，我的世界和我注定虚度的光阴将在不变的灰色中飞速旋转。我在逐渐清醒的意识中缓过神来，努力适应着开始加速的时间。酒吧里的年轻人们也都已经镇定下来，好奇地围着熄火后的现场。爆炸的是一个公用充电宝,三根数据线的线头还插在收纳槽里。我看向梅非斯特用拖把灭火的地方,那里躺着一块坑坑洼洼的电板,中间烧焦了一大块,狼狈不堪地露出金属色的电池。

梅非斯特拿着拖把走上前去,拾起电板,放进另一只手里拿着的黑色塑料袋里。她用拖把在原地轻巧地转了一圈,像施魔法一样,清除了着火的痕迹。她转过身,挤开人群,瘸着腿往酒吧里面走去。炸弹、恐袭、战火——荒唐的生存危机再一次变得遥远。酒吧里的年轻人松了口气,又展露出了鲜艳的变幻的色彩。这一切都发生得那么快。一方,我没有办法用更多的细节支撑这个故事,因为我的世界已经在这个故事的结尾老去了。日子一成不变,但也毫不留情。一切都发生得那么快。

一本书打开一个世界

欢迎订购、合作
订购电话：0571-85153371
服务热线：0571-85152727

KEY-可以文化　　浙江文艺出版社　　京东自营店

关注KEY-可以文化、浙江文艺出版社公众号，
及浙江文艺出版社京东自营店，随时获取最新图书资讯，
享受最优购书福利以及意想不到的作家惊喜